「……まさか俺以外にここを可愛がってくれる男がいた、ってことはないだろうな?」


「そ……なの」

いない。いるわけがない。

言葉にできる余裕もなくて、俺はただ頭を振って否定する。


「そうか。――――それならいい」

心底安堵したと言う声色が不思議だった。

けれど、なぜと問うより前に唇をふさがれる。


「っ……や…っん」

ドラマティックな航海をどうぞ！

天野かづき

14790

角川ルビー文庫

目次

ドラマティックな航海をどうぞ！ 005

あとがき 226

口絵・本文イラスト／水名瀬雅良

◆

「しっかし、すげー船だよなぁ……」

「そうだね……」

感嘆《かんたん》したような声を上げる省吾《しょうご》さんに、俺は気のない相槌《あいづち》を打った。

「でも、客室は意外とフツーなんだな？　おっ、すげ、もう陸あんな遠くなってるよ」

窓へと駆《か》け寄って行く省吾さんのそんな声をバックに、黙々《もくもく》とスーツケースの中の服をクローゼットへと移動させる。

滞在《たいざい》期間は一週間の予定だから、ドレスコードに反しないようなかっちりとしたスーツや、セミフォーマル程度のジャケット、カジュアルとはいっても襟《えり》付きのシャツなど、どれをとっても皺《しわ》になるようなものばかりがたっぷりと詰《つ》めてあった。さっさとハンガーに掛《か》けておかないと、あとでもっと面倒《めんどう》なことになるだろう。

それに、ここに俺は省吾さんの秘書として仕事できてるんだ。心から楽しむ気分にはとてもじゃないけどなれない。というか、心から楽しんでる省吾さんのほうが間違《まちが》っていると思う。

なのに、省吾さんときたら、俺のそんな気持ちには少しも気づかずに今度はだらしなくベッドに寝転《ねころ》び、ばたばたと足を動かした。

「ベッドもふっかふか」

「………………」

俺は省吾さんに一瞥《いちべつ》をくれると、ため息をこぼして作業に戻《もど》る。

三十三にもなってこの態度……。

長い付き合いなんだし、こういう人だってことは百も承知だ。承知だけど、ため息をつくくらいは許されるだろう。

「なんだよ、なんだよー」

省吾さんは拗《す》ねたような声で言うと、俺の背中をすっと指で撫《な》で下ろす。

「っ……やめろよっ」

ぞくっと背中を走った悪寒《おかん》に、俺は振《ふ》り向いて省吾さんを睨《にら》みつける。人が背中弱いって知っててこういうことをするからタチが悪い。

「なんか乗り悪いじゃん」

「……いい年して、じゃんとか言うなよ」

「なんだよ、行哉《ゆきや》のくせに生意気だぞ」

まるで子ども向けアニメのガキ大将のような台詞《せりふ》を口にしながら、省吾さんは口を尖《とが》らせる。

省吾さんは、黙《だま》っていればそこそこかっこいいのに、中身は子どもそのものだ。恋人《こいびと》に振られる理由はいつだって『こんな子どもっぽい人だと思わなかった』だ。

まぁ、普通《ふつう》は大学の学部時代に作ったソフトで一山当てて、院で学生してる間に会社を立ち上げたような人間が、こんな子どもっぽい人だとは思わないだろう。

「省吾さんも、だらだらしてないでさっさと荷物整理したほうがいいと思うけど？　そんな格好のままじゃ行けないいんだからさ」

「まだ時間あるだろ。今から着替《きが》えたらどうせまた皺にしちゃうだろーし。……って」

そう反論してから、省吾さんは何かに気づいたような顔で俺の顔をまじまじと見つめた。

「――なんだよ？」

「ひょっとして行哉……緊張《きんちょう》してるのか？」

「っ……」

きょとんとした顔で訊《き》かれて、俺は一瞬《いっしゅん》息を飲み――それから一気に吐《は》き出す。

「……普通すると思う」

今日の商談相手は天下のＢＲＭ。

しかもその社長、なのだ。

でも、そんなことはこの常識から外れた人には通用しない。

「そっか？　悪いな、俺あんまり普通じゃないから」

「――分かってるよ……」

あはは－、と笑われてどっと疲《つか》れた。

こういう人だとは分かりきってるんだけど……。

「そうかそうか。んじゃ、まだ時間かなりあるし、ぐるっと散歩でもしてこいよ」

「え」

「あ、なんだよその顔。そんな顔しなくっても、ちゃんと服ぐらい自分で片付けるって！」

「あ、ちょっ、ちょっと」

どんな顔をしたかは知らないけど、ぐいっと腕《うで》を引かれて出口へと連れて行かれる。

「じゃ、行ってこい ー」

楽しげな声と同時に閉まったドアを振り返り、ノブに手をかけたけれど、オートロックのドアノブはもう動かなかった。

俺はドアの前で小さくため息をつくと、諦《あきら》めてその場を離《はな》れる。

こうなった以上、本当に散歩でもしてこなければ開けてくれないだろう。

客室のあるデッキを抜《ぬ》けて、階段を下りつつ中心部を走るメインストリートを眺《なが》め下ろす。

この船は今日から一週間、カリブ海を周遊することになっていた。出発地であるエバーグレーズ港を出港したばかりの船内は、まだどこかばたばたと落ちつかない感じがする。

「こんな感じの船、だったよな……」

煌《きら》びやかな船内に、俺は小さくため息をついた。

豪華《ごうか》客船、ベアトリーチェ。

床《ゆか》や天井《てんじょう》から、階段の手すりといった部分まで、すべてに凝《こ》った装飾《そうしょく》を施《ほどこ》された船は、かつて両親が健在だった頃《ころ》に手を引かれて乗った船とほとんど変わらない気がした。

といっても、以前乗った船の名前を俺は覚えていないから、本当にこの船だったのかは分からない。

あのとき俺はまだ八歳だったし、その後、両親が亡《な》くなったせいもあって、幸福だった頃のことは極力思い出さないようにしていたから。

施設《しせつ》に預けられてからの俺にとっては、両親が生きていた頃の記憶《きおく》は、決して手に入らない砂糖菓子《がし》のようなもので、思い出せば現状との違いに胸が痛むだけだった。

でも、こうして実際乗ってみると、思ったより平気で驚《おどろ》く。

多少の気鬱《きうつ》はあったけれど、それは仕事に対してのものがほとんどで、船に対してはむしろ懐《なつ》かしさのほうが大きい。それだけの年月がたったということかもしれないし、今がそれなりに幸福だからかもしれない。

……両親のことを思えばまだ悲しいのも事実だけれど。

それでも、いつの間にか悲しい気持ちではなく、楽しかったことを回想できるようになっていたことに気づかされた。

父親に手を引かれてマジックショーを見に行ったこととか、チョコレートブッフェでチョコレートを食べながらパレードを見たこと。カジノやダンスパーティに連れて行ってもらえなくて、代わりに同じくらいの年の子と遊んだこと。その子とした、来年もこの船で会おうという約束。これは、船を下りる日に相手の失礼極《きわ》まりない勘違《かんちが》いに俺が怒《おこ》って喧嘩《けんか》別《わか》れみたいになっちゃったし、結局守ることができなかったけれど、あの子は翌年も船に乗ったんだろうか？

今の今まで忘れていたことを次々に思い出して、楽しかったなと思える自分に、俺はひっそりと笑みをこぼした。

最初は自分も乗船しなきゃならなくなったことが、いやでいやで仕方なかったけれど……。

——ブレイスフォード氏に感謝、かな。

ブレイスフォード氏は、これから会うことになっている実業家だ。

ニューヨークに本社のあるIT関連会社BRMの社長。年は確か二十六。俺の一つ上くらいなのに、十六歳で大学を卒業したあと、二年間元親会社であるブレイスフォードで役員を務め、子会社としてBRMを立ち上げた。その後みるみる業績を伸《の》ばして、三年後には独立。もちろん、その後の業績も順調で、BRMの開発室に入りたいという研究員は引きもきらない。それが更《さら》に業績を伸ばす結果につながるという循環《じゅんかん》を生んでいる。

とにかく、本来なら俺はもちろん、省吾さんだって簡単に会えるような相手じゃない。

省吾さんの開発したソフトを買い取って欲しいって持ちかけたけど、普通はいきなり社長が出てくるなんてありえないことだ。

うちみたいな社員数が片手程度で、社長自らが開発担当をしている零細企業《れいさいきぎょう》ならともかく、

BRMのような大企業ならなおさら。

なのに、担当者にアポを求めた俺たちへの返事は、『ブレイスフォードがお会いするそうです』というとんでもないものだった。ただしその条件は、この船に乗ること。

なんでも、ブレイスフォード氏は毎年この時期は休暇《きゆうか》をとってこの船に乗っているらしく、その休暇中に時間を作ってくれるという申し出だった。

省吾さんは、休暇中に時間とってまで社長が直接話を聞いてくれるってことは、脈ありってことかもな、とか言って笑ってたけど、俺としてはいきなりそんなお偉《えら》いさんに会うことになるなんて、正直気が気じゃなかった。

もちろん、ありがたい話だとは思うけど、本当ならこういう場には、秘書の俺より省吾さんと一緒《いつしよ》に開発をした副社長の高科《たかしな》さんがきたほうがいいと思う。

だけど一週間も泊《と》まりで……となると社長と副社長がそろって会社を留守にするわけにもいかない。

その上、省吾さんは仕事の才能はものすごいのに、自己管理能力は人並み以下なので泊まりの出張のときは俺がついて行くのが社内ではもう当然になっていた。

まぁ、省吾さんは会社を立ち上げて最初の何年かは一人ですべてをやっていたせいか（俺はバイトとしてちょっと手伝っていたけど）、自分で作ったものは自分で売り込みたいって人だから、商談自体は一人で全然問題ないんだけど。

そんなことをつらつらと考えつつ、船尾《せんび》に向かって歩いていたときだ。

『何度も言うようだが、君との結婚《けっこん》は考えられない』

一瞬、劇場からもれ聞こえたんじゃないかと思った。英語で話すその声がどこかからかすかに聞こえる上質な音楽にも勝《まさ》る、誰もが魅了《みりょう》されそうな声だったから。

けれど、通路の角を曲がった途端《とたん》、それが勘違いだったことが分かる。

階段下のスペースに、一組の男女がいて声はその男性が発したものだった。

女性のほうは俺に背を向けているので顔が見えないけれど、その男は先ほどの芝居《しばい》がかった台詞《せりふ》がぴったりはまる、端整《たんせい》な顔立ちをしている。

乗った早々痴話《ちわ》げんかか？

人事ながらなんとなく女性が気の毒だなと思いつつ、踵《きびす》を返そうとしたとき、男のほうと目が合った。

その目が驚いたように瞠《みは》られる。

立ち聞きしていたのがばれたことにあせって、急いでそこから離れようと思うのに、なぜか俺は男の視線に縫《ぬ》い留められたかのように動けなくなる。

その上、男はなぜか女性の横をすり抜け、俺の前までやってくると、俺の顔を覗《のぞ》き込むようにして――笑った。

鮮《あざ》やかな笑顔《えがお》に、どきりと心臓が大きく鳴ってうろたえる。けれど、多分これは俺じゃなくたってうろたえただろう。

　びっくりするくらいきれいな笑顔だった。その笑顔をどこかで見た気がして、もう一度どきりとする。

『ギル！　話は終わってないわよっ』

　けれどそれを確かめる間もなくギルと呼ばれた男は、なぜか俺の腰《こし》を抱《だ》くようにして振《ふ》り返る。

「ちょっ、何を――」

　とっさに日本語でそう言った俺を無視して、男が口にした言葉は、とんでもないものだった。

『この人が私の恋人《こいびと》なんだ』

「は？」

　恋人？　ぽかんと口を開けたのは、俺だけじゃない。

　妙齢《みようれい》の――多分俺と同じ年くらいの金髪《きんぱつ》美女も、その美貌《びぼう》が台無しになるような間の抜けた表情になっていた。

　しかしその表情は、すぐに怒りにとって代わる。

『ふざけないで！　いくらなんでも――』

　そこから先は早口な上に感情的で、よく分からなかった。が、彼女がものすごく怒っていることは分かる。

『ふざけてなんかいない』

男はそう言うと、俺の瞳《ひとみ》を覗き込んだ。

近いっ、近いって！

という言葉は驚きのあまり声にならない。

「ユキヤ、頼《たの》む。話を合わせてくれ」

「え」

俺が自分の名前を呼ばれたことに驚いて目を瞠った瞬間《しゅんかん》。

「んー……っ」

その男にがばりと抱き込まれて、キスされていた。

なんで？　なんで俺、キスされてるんだ？

って言うか、お前は誰だ？　なんで俺の名前を知ってるんだよ？

驚きすぎて身じろぐこともできない俺の脳裏《のうり》を、様々な疑問が掠《かす》めては消えていく。

その間にも、キスはどんどん、それこそ俺が経験したことないほど深くなって……そして。

やっと解放されたときには情けないことに、足元がふらついていた。

さっきの女性は、怒ったのか呆《あき》れたのか分からないけれど、いつの間にか姿を消している。

「……っと、大丈夫《だいじょうぶ》か？」

ふらついた俺を支えるように、再び腰を抱かれる。

見上げると、男はなぜかとても嬉《うれ》しそうな顔で俺を見つめていた。その瞳がきれいな青色だということに初めて気づく。

そしてわずかに濡《ぬ》れた唇《くちびる》が目に入った瞬間、俺ははっと我に返った。

「――――だ」

かぁっと頭に血が上るのが自分でも分かる。

「大丈夫なわけあるか、ばかーっ」

俺は右手でそいつの顔を力いっぱい殴《なぐ》りつけ、できる限りの速さで逃《に》げ出したのだった。

甲板《かんぱん》から客室のあるデッキへと、クルーに見つかったら苦情の一つも言われそうな勢いで走り抜《ぬ》け、自分たちの部屋へと向かう。

なんなんだ、なんなんだ、なんなんだあいつ――――!!

どんどんどんっと、八つ当たり気味な勢いでドアを叩《たた》いた俺に、驚《おどろ》いたような顔で省吾さんがドアを開けた。

「どうした？　何かあったのか？」

「っ……なんでもないっ」

省吾さんの横をすり抜けて室内に入りつつ、俺は首を横に振る。

見知らぬ男女の痴話げんかに巻き込まれ、よりにもよって男のほうにキスされたなんて言えるわけがない。

「なんでもないって顔じゃないだろ」

そう言って俺の腕《うで》を摑《つか》んだ省吾さんを俺はぎろりと睨《にら》みつけた。

「――省吾さん」

「な、なんだよ？」

「荷物の整理は終わったんだよね？」

思わず地を這《は》うような声でそう訊《き》いた俺に、省吾さんはさすがにまずいと思ったのか、愛想《あいそ》笑いを浮《う》かべる。

「す、すぐやる。すぐやりますっ」

俺からぱっと手を離《はな》すと、まだ開けてもいなかったスーツケースの前へと、逃げるように移動した。

はっきり言って八つ当たりだったけど、省吾さんが散歩に行けなんて言い出したことがそもその原因だと思うと、ちょっとぐらい当たってもいいという気もする。

俺はクローゼットの前でスーツケースを広げている省吾さんから視線を逸《そ》らし、ベッドに頭から倒《たお》れこんだ。

……まさか、こんな超一流《ちょういちりゅう》の豪華《ごうか》客船にあんな――見知らぬ男にいきなりキスするようなおかしな男が乗ってるなんて。

あそこを通りかかったやつなら、男でも女でも誰でもよかったんだろうけど――と思って、俺はふと怒《いか》りのあまり吹《ふ》っ飛んでいた疑問を思い出した。

あいつ、なんで俺の名前知ってたんだろう……？

俺はむくりと起き上がると、ベッドの上に正座する。

『ユキヤ』と確かに呼ばれた。

それに、どこかで見た気がすると思ったあの笑顔……。

けど、あんなおかしな外国人が本当に知人なら、忘れるわけがないと思う。

何せあの容姿だ。

これが、俺が一方的に見たことがある気がするっていうだけなら、俳優だという可能性もある。

でもそれじゃあ名前を呼ばれた理由が分からない。

「………」

ぐるぐると考え込んでいた俺の思考を止めたのは、ほら片付いただろ、と言う省吾さんの能天気な台詞だった。

『ギルバート・ブレイスフォードです』

こちらでお待ちくださいと通された豪奢《ごうしゃ》な部屋で、そう名乗った男を見て俺は気が遠くなりそうなほど動揺《どうよう》した。

船の上だというのが嘘《うそ》のように、高い天井《てんじょう》。広い室内には豪奢なソファセットや、アンティークらしい繊細《せんさい》なつくりの家具が並べられている。

けれど、その中の何よりも高級感があるのは、目の前のその男だった。……が。

『はじめまして。代表の門倉《かどくら》です。こちらは私の秘書で成瀬《なるせ》と申します。このたびはこのような機会を設《もう》けていただいてありがとうございます』

省吾さんの言葉にかろうじて頭を下げたけれど、頭の中は混乱を極《きわ》めていた。

なぜなら、確かにギルバート・ブレイスフォードと名乗った目の前の人物が、さっき俺にいきなりキスをした変質者と同じ顔をしていたからだ。

しかもその左頰《ひだりほお》は、うっすらとではあるが赤く腫《は》れている。

『いや、こちらこそ、わざわざこんなところまで足を運んでもらって申し訳ない。どうぞ、掛《か》けてくれ』

その言葉に、省吾さんとそろってソファに腰を下ろした。

――なんで気づかなかったんだろう。

見覚えがあるのも当然だった。以前経済誌に載《の》った写真を、見たことがあったのだから。

けど、まさか突然《とつぜん》初対面の男にキスをするような人間が、ＢＲＭの社長だなんて。信じられない……というか、信じたくない。

もしかして、自分の名前を知っていたのも、事前に調査をしていたからだろうか？

そう考えると、ブレイスフォード氏はあのとき俺を取引先の人間だと知っていて、使えると踏《ふ》んで巻き込んだのかもしれない。

それなのに俺は何も気づかず、よりにもよってブレイスフォード氏を殴って逃げ出してしまったわけで……。

考えれば考えるほど、自分のしでかしてしまったことがとんでもないことだと分かって、血の気が引いていく。

どうしよう……。もし俺のせいで、この取り引きがだめになったりしたら……。

ショックのあまり、眩暈《めまい》までしてきて、隣《となり》でソフトの説明を始めた省吾さんの言葉も、まったく頭に入ってこない。

それでも、仕事中にこんなんじゃだめだと思い、なんとか顔を上げると、ブレイスフォード氏は俺のほうをちらりと見て――笑った。

「っ……」

心臓がどきりと鳴る。

つい目を逸らしてしまったけれど、それはなんの含《ふく》みもない笑顔《えがお》に見えた。

ひょっとして、怒ってないんだろうか……？

そんなわけないと思うけれど、でも、本当に怒っていたら、俺がこの場にいるのを見てすぐに文句を言ったんじゃないだろうか。

省吾さんが俺を紹介《しょうかい》したときにも、ブレイスフォード氏は何も言わなかったし……。

――そう、もともとブレイスフォード氏のしたことだって、非常識なことだったんだ。

本人もそれが分かっていて、だから不問に付してくれるつもりなのかも。

いや、もちろんあの時点で、相手がブレイスフォード氏だと気づかずに殴ってしまったのが大失態だということに変わりはないけど。

そんなことをぐるぐる考えているうちにも、省吾さんによるセールストークは一段落ついて、机の上に高科さんと俺が必死でまとめた分厚い資料が置かれていた。

『こちらが詳《くわ》しい資料になります。ご検討いただければと思うのですが……』

省吾さんはブレイスフォード氏を見つめて、にこりと微笑《ほほえ》む。ブレイスフォード氏は省吾さんを見、次に資料を見、最後になぜか俺を見た。

『実は、一つお願いがあるんだが』

『はい。なんでしょうか？』

笑顔を崩《くず》さないままそう訊いた省吾さんに、氏が口にした『お願い』は思いもよらないものだった。

『成瀬くんを私に貸してもらいたい』

「は？」

「え？」

俺と省吾さんは間の抜《ぬ》けた声を上げ、思わず顔を見合わせる。

契約《けいやく》のあと、なんらかのサポートとしてというのならともかく、この段階で、しかも秘書の俺を借りたいっていうのはどう考えてもおかしい。

そんな俺たちの戸惑《とまど》いが伝わったのか、こっちが何か訊くよりも早く、ブレイスフォード氏が再び口を開いた。

『と言っても、仕事の関係ではなくてね。私的なことで申し訳ないが、今日から一週間、船を下りるまでの間、成瀬くんに私の恋人《こいびと》の振《ふ》りをしてほしい』

省吾さんは突然のことに、戸惑った顔をしていたけれど、俺にはそれがどういう理由で必要なのかすぐに分かった。

先ほどの女性の求婚《きゅうこん》を断るつもりなんだろう。

『恋人の振り……ですか？』

『ああ。一週間この部屋で過ごして、食事やパーティにつき合ってもらいたい』

『いやそういった条件面はともかく……ええと…成瀬は男なんですが』

困惑《こんわく》したように言う省吾さんに、ブレイスフォード氏は分かっていると言うように頷《うなず》く。

それはそうだろう。

さっきだって、分かっていて俺にキスしたんだろうし。

『この船に、私に結婚《けっこん》を迫《せま》っている女性が乗っているんだが、私には結婚の意志がないといくら説明しても分かってもらえなくて困っていてね。いっそゲイだということにしておいたほうが彼女も諦《あきら》めがつくだろう。彼女は私の従妹《いとこ》で、身元ははっきりしているし、後々迷惑《めいわく》がかかるようなことはないようにすると約束する』

って言われても……。

さっきキスされたときのことを思い出して、げっそりした気分になる。

――ここで了承《りょうしょう》したら、またあんなことをされる可能性もあるわけだ。

しかも、この部屋に二人きりにされるなんて、正直冗談《じょうだん》じゃないというのが本音だけれど……。

俺は返事に窮《きゅう》して省吾さんを見る。

省吾さんは、何かを考えているような顔で、うーん？　と唸《うな》っていたけれど、視線を感じてか俺のほうをちらりと見て、とんでもないことを言い出した。

『あのー、その役、私ではだめでしょうか？』

「っ……」

その言葉に俺は思わず息を飲み、省吾さんを凝視《ぎょうし》する。

「な、なな何を言ってんだよっ？」

にする。


「ん？　いや、だから、男という意味では俺がやっても問題ないかなーって」

小声でとがめた俺に、省吾さんはいつも通りの何も考えてなさそうな顔で、けろりとそう口
そりゃまぁ理屈《りくつ》からすればそうだろうけど。

『どうでしょう？』

再び向き直って、そう訊《き》いた省吾さんに、俺と同様に驚《おどろ》いていたらしいブレイスフォード氏は小さく咳払《せきばら》いをした。

『残念ながら、この役は成瀬くんでないとだめなんだ。実は、先ほどすでに一度彼女に詰《つ》め寄られているところを、ちょうど通りかかった成瀬くんに助けてもらっていてね。つまり、すでに彼女は成瀬くんを私の恋人だと認識《にんしき》しているわけだ』

この言葉に、今度は省吾さんが驚いた顔になる。

そうなのか？　と目顔で問われて俺はしぶしぶ、けれどはっきりと頷いた。

そして、その勢いでブレイスフォード氏へと視線を移す。

『――分かりました。お引き受けします』

「って、いいのか？」

目を瞠《みは》り、日本語でそう問いかけてきた省吾さんに、もう一度頷く。

こうなったら仕方がないというものだろう。俺が渋《しぶ》ったりしたら、省吾さんは絶対に『引き

受ける必要はない』と言うに決まっている。

それがどんなに会社にとって不利なことでも、俺がいやがることは絶対にさせたくないと思ってくれる人なのだ。

男の恋人役、なんていう微妙《びみょう》な役回りを自分からやると言い出してくれたことも、俺の覚悟《かくご》を決めさせた。

会社のため……何より省吾さんのためなのだと思えば、多少のことは我慢《がまん》できる——はずだ。

『資料のほうには目を通していただけるんですよね？』

『ああ。約束しよう』

ブレイスフォード氏は、満足げな微笑を浮《う》かべて頷いた。

『では、一週間よろしくお願いします』

ぺこりと頭を下げてから、心配そうな顔をしている省吾さんへと微笑んでみせる。

『あ、あの、少々よろしいですか？』

『どうぞ』

省吾さんはブレイスフォード氏にそう断ってから、俺を立たせると部屋の隅《すみ》へと連れて行った。

「お前、本っ当にいいのか？」

「うん」

声を潜《ひそ》めて聞いてくる省吾さんにこっくりと頷く。

「無理してないか?」

「してない」

まるで小さな子どもの頃《ころ》のように肩《かた》を摑《つか》まれ、顔を覗《のぞ》き込まれて俺は思わず笑ってしまった。

省吾さんは、預けられた施設《しせつ》で兄貴分として俺の面倒《めんどう》を見てくれていたときと全然変わらない。

いつだって俺のことを心から心配してくれる。まるで本当の弟にするみたいに。

だから、俺だって省吾さんのために頑張《がんば》りたい。

「大丈夫《だいじょうぶ》だって。むしろ省吾さんのほうが心配だよ。一週間、俺なしで大丈夫?」

部屋の中とか服とかぐちゃぐちゃになるんじゃないだろうか。

「俺のことはいいんだって。なんとでもするさ」

「じゃあ俺だって大丈夫だよ」

きっぱり言い切ると、省吾さんは喜ぶというよりは仕方がないというように頷いた。

「分かったよ。――よしっ、お前に社運がかかってるぞ!」

少し芝居《しばい》がかった風にそう言って、ぽんと肩を叩《たた》かれる。

「まかせとけって」

「ああ。……でも、どうしてもだめだと思ったら、気にしないでやめていいんだからな?」

最後にそう付け加えた省吾さんに、もう一度笑って頷くと、一緒《いっしょ》にソファへと戻《もど》る。

『……話はまとまっただろうか？』

二人でこそこそ話していたのが気に障《さわ》ったのか、多少強張《こわば》った表情のブレイスフォード氏の問いに、省吾さんははっきりと頷いた。

『はい。成瀬をお預けします。よろしくお願いします』

それから俺は言われるままにブレイスフォード氏の部屋に残った。

一度部屋に戻って荷物をとってこようと思ったんだけど、ほかの部屋に出入りしているところを件《くだん》の女性に見咎《みとが》められてはまずい、ということになったのだ。

自分で決めたこととはいえ、省吾さんが部屋からいなくなった途端《とたん》、緊張《きんちょう》で顔が引きつりそうになる。

「ユキヤ」

『は、はいっ、なんでしょうか？』

突然《とつぜん》名前で呼ばれ、びくりとしてブレイスフォード氏を見つめた俺に、氏はニコニコと微笑《ほほえ》みかけてくる。

「日本語でいい。むしろそのほうがサラ――さっきの彼女のことだが、サラは日本語があまり分からないから、ぼろが出にくいだろう」

「分かりました」

ブレイスフォード氏が日本語でしゃべりだしたことに驚いたけれど、そのことは口に出さずに頷《うなず》く。

そう言えば、デッキでキスされたときも日本語を話していた。……キスの衝撃《しょうげき》が強くてすっかり忘れてたけど。

「ただし、名前は別だ。もしユキヤが俺のことを『ブレイスフォード』と呼べばさすがに不審《ふしん》に思うだろう。だから、俺のことはギルと呼ぶように」

「はい」

氏の言うことはもっともだ。とはいえ、ギルなんて呼びにくいからできるだけ名前は呼ばないようにしよう、と心の中で決意する。

――けどこの人、今自分のこと『俺』って言ったよな？

さっきまではビジネスモードだったし、英語では俺も私も僕も全部同じ言葉だから気づかなかったけど、実は結構ざっくばらんな人なのかな？

「あと、設定的には、俺とユキヤはこの船で久々に会えたということにしておこう。国にいる間、俺の身辺がきれいだったことはサラも調べてあるはずだ」

その言葉にもこくりと頷く。ギルは従順な俺に満足したのか、微笑を浮かべると俺の手を取った。

「では、出かけるか」

「は、はい？」

当然のように促《うなが》され俺は、首を傾《かし》げる。

「どこへですか？」

「服を見に行こう。その格好じゃ、パーティに連れて行けないからな」

「って……」

俺は自分の格好を見下ろしてみる。

一応フォーマルなダークスーツだし、ネクタイだけ変えればパーティに出てもなんら問題のない格好のはずだ。

「この格好でもマナー違反《いはん》ではないと思いますけど」

「確かに、マナー上は問題ない。だが、自分の恋人《こいびと》がみすぼらしい格好をしていたのでは俺が恥《はじ》をかくだろう？」

みすぼらしい……。

その言葉に内心カチンときたものの、自分の着ているスーツがブレイスフォード氏の着ているスーツの十分の一の価値もないだろうことは分かっていたので、反論はできない。

けど、このブレイスフォード氏の隣《となり》に並んでみすぼらしくないほどのスーツって一体いくらなんだ？　経費で落ちるのか？

「どうしても出なければなりませんか？」

「ああ。サラやサラの関係者がどこで見ているか分からないし、できるだけ人目に付く場所に行って、俺とユキヤが恋人同士であることをアピールしたいからな」

「……そうですか」

仕方なく頷きながら、俺は失礼にならない程度にブレイスフォード氏の服を眺《なが》めた。

おそらくオーダーだろうスーツは、生地《きじ》も縫製《ほうせい》も一流で、見た目もブレイスフォード氏の持つ雰囲気《ふんいき》にぴったり。多分着心地《きごこち》も最高にいいだろう。

もちろん、これから俺が買うスーツは今夜のパーティに着て行く以上、オーダーということはないし、払《はら》えないほどの額じゃないだろうけど……。

そこまで考えて、俺は思わずため息をこぼした。

考えるだけ無駄《むだ》か……。

だって、どんな高い服を着たところで、自分がブレイスフォード氏に見劣《みおと》りしなくなるってことはありえない。

せいぜい恥をかかせない程度に調《ととの》えろと言われても、まぁ無理もないだろう。

「何をしている？　さっさと行くぞ」

「……はい」

結局そのまま、船内にあるスーツとタキシードを扱《あつか》うショップへと連れて行かれることになった。

『ブレイスフォード様、ようこそいらっしゃいました』

入店した途端、そう声をかけられる。

ブレイスフォード氏も俺と同じく今日乗船したはずなのに、もう名前を覚えられているのだろうかと不思議に思う。

あ、でも、この船に毎年乗ってるって話だから、そのせいかもしれない。

『本日はどのようなものをお求めでしょうか？』

『彼に今夜のパーティに着て行く服を、と思ってね。――そうだな、せっかくだからタキシードがいい』
タ、タキシードっ？
って、ちょっとそれはいくらなんでも……。

スーツならまだ、日本に戻ってからも着る機会があるだろうけど、タキシードなんて自分の結婚式《けっこんしき》くらいしか着る機会が思いつかない。

けれど、そんな俺の戸惑《とまど》いをよそに、店員は心得たというように頷いている。

『かしこまりました。ではまず、サイズの確認《かくにん》をさせていただきますので――どうぞ、こちらへ』

『え、あ、あの』

思わず救いを求めるようにブレイスフォード氏を見たけれど、行ってこいと言うように頷かれてしまう。

それからざっとサイズを測られて、サイズの合うタキシードを四着と、スーツを三着試着した。

タキシードなんて着るのは、子どもの頃《ころ》、バイオリンのコンクールに出たとき以来だったから、いまいち着方も分からない。スーツも合わせてすべての服を試着し終わる頃には疲《つか》れ果ててぐったりしてしまっていた。

けれど。

『では、これと――スーツはこれを。シャツとネクタイは……これとこれを除いて全部包んでくれ』

『かしこまりました。では、のちほどお部屋のほうへ届けさせていただきます』

『ああ、頼《たの》む』

その会話に、ソファに沈《しず》み込むように座っていた俺は慌《あわ》てて立ち上がった。

「ちょ……ブレイス――じゃなくて…ギ、ギル…っ」

「ん？　どうした？」

「どうしたじゃなくて……困りますっ」

店員に聞こえないよう、小声で言った俺に、ブレイスフォード氏――ギルは不思議そうな表情になる。

「そんなにいろいろ買わなくてもいいでしょう？　スーツも一応はあるんですし」

「俺が買ってやりたいんだ。気にするな」

必死で言い募《つの》る俺に、そう言ってにっこりと笑う。

思わず何もかもをごまかされてしまいそうな完璧《かんぺき》な笑顔《えがお》だけれど、簡単にごまかされるわけにはいかない。

「買っていただくわけにはいきません。私が社長に怒《おこ》られますっ」

まぁ、実際には省吾さんは怒ったりしないと思うけど、とにかくこんな高いものを買ってもらうのはまずい。俺が接待として買うならともかく（もちろんそれだって問題だけど）、取り引きをお願いしている相手に買ってもらうなんて――。

「社長、か」

ギルはなぜかそう言って不機嫌《ふきげん》そうに鼻を鳴らした。

「ユキヤは俺を、恋人に服の一枚も買ってやれない甲斐性《かいしょう》なしにするつもりなのか？」

「え……」

王子のようなその風貌《ふうぼう》から「甲斐性なし」なんて言葉が出てきたことにまず驚《おどろ》く。それから、その台詞《せりふ》の内容に困惑《こんわく》した。

「で、でもそれは」

「いいから。受け取ってくれ」

あくまで振《ふ》りなのだし、と続けようとした言葉をギルは笑顔でさえぎる。

「どうしても受け取れないと言うのなら、俺の贈《おく》った服以外の着用は禁止するぞ」

ちらりと子どものような顔を見せられて、反射的に俺の胸には諦《あきら》めが広がった。

こういう顔をする人間をごく身近に一人、知っている。

そう。省吾さんだ。

そして、省吾さんがこういう顔で言い出したときは、決して折れることがない。是《ぜ》が非《ひ》でも自分の主張を通す。

もしもギルが同じタイプだったとしたら、ここで逆らうのは時間の無駄だろう。

それに、なんだかんだ言っても俺はギルに逆らえる立場じゃないしな……。

「部屋にいる間はずっと裸《はだか》でいてくれても、俺は一向に構わないが？」

「っ………分かりました。ありがたく頂戴《ちょうだい》いたしますっ」

くそーっ、仕事相手でさえなかったら……。とんでもない脅《おど》し文句《もんく》にそう思いつつも、俺は結局頷《うなず》く。

「そんな硬《かた》い言葉遣《ことばづか》いはやめろ。もっと自然に話せないのか？」

「―――善処します」

その上そんな風に突《つ》っ込まれて、思わずギルを睨《にら》んでしまった。

「ん？　怒ったのか？」

「怒ってません」

なぜか嬉《うれ》しそうに言われて、俺は目を逸《そ》らす。

なんか、やっぱりちょっと省吾さんに似てるかもしれない。この、人が怒っているのをちゃかすところとか。

「怒った顔も可愛《かわい》い」

クスリと笑われて、不意に肩《かた》を抱《だ》き寄せられた。

「!?――――ちょっ」

ちゅっ、と目尻《めじり》のあたりにキスを落とされて、俺は慌ててギルの腕《うで》を振り払った。

「な、ななな何するんですかっ」

「ユキヤが可愛かったからキスしたくなった。恋人《こいびと》同士なんだからかまわないだろう？」

「っ……だ、だからってこんな人前で」

「俺とユキヤが恋人同士だとアピールするには、人前でなければ意味がないだろう？」

その言葉に、俺はぐっと言葉を呑《の》んだ。

――……確かにその通りだけど。

「分かったなら次はサロンだ。急ぐぞ。パーティまでもう時間がないからな」

きらきらしたシャンデリア。飴色《あめいろ》のフロアの上でとりどりの衣装でさんざめく大人《おとな》たち。子どもの頃だめだと言われて、それでもこっそりのぞいた世界。もれ聞こえる音楽に合わせて、友達になったばかりの子と一緒《いっしょ》に、習ったばかりの簡単なステップを踏《ふ》んだ。

夢みたいにきれいだとあこがれた場所に自分がいることが、少し不思議だった。

ノスタルジーっていうのだろうか。懐《なつ》かしくて、くすぐったいような気持ち。

けれど。

「少しは楽しそうにしたらどうだ？」

「……」

ものすごく楽しそうにそんな台詞を言う男に、俺は思わず胡乱《うろん》げ気な視線を向けた。

立派な体軀《たいく》に、堂々とした立ち居振《ふ》る舞《ま》い。タキシードに着替《きが》えたギルはそこら中から視線を集めていて、まるで磁石のようだと思う。

そんなギルと並んでいるのがいやで、俺はわざとホールの隅《すみ》の隅、バルコニーへと続くカーテンの近くまで移動した。

ギルも特に文句は言わずに、俺についてきてくれて助かった——んだけど。

「ほら、もっとこっちにこい。サラが見てる」

「っ……」

そうして、視線が減ったと安心した途端《とたん》、言葉とともに腰《こし》に回した腕に力を込められて、俺はまるでギルに抱きついているような体勢になった。

半ばカーテンに隠《かく》れているとはいえ、パーティの会場であるこのホールには大勢の客がいて、そこここで歓談《かんだん》している。

そんな中で男同士、寄り添《そ》ってなければならないという状況《じょうきょう》に、俺は少し泣きたくなった。

サラさんが見ているというならば、恋人の振りという役に徹《てっ》しなければならないのは分かっているけど……。

「あの、せめてもうちょっと普通《ふつう》にしてもらえませんか？」

「普通？」

俺の言葉にギルは不思議そうな顔になる。

「友達っぽくっていうか……」

「友達っぽくしてどうする？　お前は俺の恋人なんだぞ？」

「恋人役、でしょう」

役を省略するな、役を！

呆《あき》れたような声で言われて、俺は小声でそう言い返すとぷいと顔を逸らす。

最初は緊張《きんちょう》してうまく話せなかったけど、ここ数時間一緒にいただけで少し慣れてきた気がする。

大体この人なんていうか、あまり大企業《だいきぎょう》のトップらしくないというか……。雑誌のインタビュー記事で見たときとはだいぶ印象が違《ちが》う。

それに、立場の違いからすると、ギルが俺を自由に使える駒《こま》みたいに扱《あつか》ってもおかしくないと思っていたんだけど、そんなことも全然なかった。

むしろ、親しみやすいって言えばいいのかな。自意識過剰《かじょう》かもしれないけど、ギルが俺のことをそれなりに気に入って好意的に見てくれている空気が伝わってくるせいかも。

金銭感覚が違うから戸惑《とまど》うし、育ちの違いがあるからやっぱり偉《えら》そうだけど、本当に偉いんだと思えばそれほど腹も立たない。

「そうだ。せっかくだからもっと効果的にアピールしよう」

いいことを考えたというように、ギルはにやっと笑うと、体を離《はな》し小さくお辞儀《じぎ》をした。

「……私と踊《おど》っていただけませんか？」

どこから出したんだと言いたくなるような深みのある声と、最上級の笑顔に不覚にもどきりとする。

「な、に言ってるんですか。男同士で踊るなんてマナー違反《いはん》ですよ」

それをごまかすように早口で言う。

「ユキヤこそダンスの申し込みを断るなんてマナー違反だぞ」

「それは俺が女性だったらでしょうっ？　それを言うなら、断られたら速《すみ》やかに引き下がって

ください よ」

そうしてお互《たが》いにマナーマナーと言いあっているうちに、腕をとられてバルコニーへと連れて行かれた。

「ここならフロアの外だから、大目に見てもらえるだろう？」

さっき『踊っていただけませんか』なんて言っていたときとは全然違う、稚気《ちき》を含《ふく》んだ笑《え》みに、俺は諦めてため息をこぼす。

「……言っときますけど、俺男性パートの、しかもワルツしか踊れませんからね」

正直、それだって覚えているかどうかちょっと怪《あや》しいものだ。

「かまわない。俺が女性パートを踊るよ」

「…………は？」

俺は今聞いた言葉が信じられずに、何度か瞬《まばた》きを繰《く》り返す。

「女性パート……踊れるんですか？」

てっきり、自分に合わせて適当に——とか言われると思ったのに。

「昔教わったことがある。身長差がちょっとつらいかもしれないが……まぁ、なんとかなるだろう」

「なんで——」

女性のパートなんて習ったんだと訊《き》くより早く、腕をとられた。

「ほら、曲が始まる」

促《うなが》され、慌《あわ》ててギルの腰に腕を回す。

そしてそのまま、流されて踊り始めてしまった。
一、二、三、と自分の中で数字を数え、最初のうちは必死で足を動かす。けれど、少しすると体が思い出したのかスムーズに足が運べるようになった。
ギルの胸元《むなもと》辺りを見ていた視線も、やっと上げることができるようになる。

見上げると、ギルは俺を見つめていた。

ずっと見ていたのかなと思い、それから男性パートを踊りながら、こんな風に見上げているということがおかしくなってきて、つい吹《ふ》き出してしまう。

「――やっと笑ったな」

「え？」

満足げな声に驚《おどろ》いて目を瞠《みは》る。

「怒《おこ》っている顔も可愛らしいが、笑顔はもっといい」

そう言って笑った顔は、ふんわりと幸せそうだった。望めばおそらくどんな美女とだって踊れるだろうに、と思うとちょっと不思議な気もするくらいに。

「ユキヤ」

繋《つな》いでいる手にぎゅっと力がこもったのを感じて、どきりとする。

「愛している。ずっと——ずっと会いたかった」

「っ……」

まっすぐに見つめられたまま、はっきりと告げられた言葉に顔が熱くなった。

「な、何を……」

愛してるって、ずっと会いたかったって、なんだよっ？

うろたえる俺の脚《あし》が一瞬《いっしゅん》もつれそうになったのを、ギルが支えてくれる。そうして顔が近づいた瞬間、小声で囁《ささや》かれた言葉にはっと我に返った。

「サラが見ている」

「!?」

……そうだ。今自分はギルの恋人役《こいびと》で、これは芝居《しばい》なんだ。久々に会えた恋人っていう設定で行くと説明されたじゃないか。

こんな大事な大前提を忘れるなんてどうかしてる。

「ユキヤは？　俺に会いたかったか？」

そう聞いてくるギルの目にいたずらっぽい表情が閃《ひらめ》いたことに内心歯噛《はが》みしつつ、俺は小さく顎《あご》を引いて頷《うなず》いた。

「声に出して言ってくれ」

「……あ…会いたかった」

絞《しぼ》り出すように言った言葉に、ギルは嬉《うれ》しそうに笑う。

「愛してる、は？　言ってくれないのか？」

調子に乗るなよっ、と思うものの、サラさんが見ているという以上睨《にら》むわけにもいかず俺は視線を逸《そ》らした。

「ユキヤ？」

促す声に、これは芝居なんだと何度も自分に言い聞かせる。

「あ、あ……愛――」

ううっ、だめだ言えないっ。

ギルはアメリカ人だから分からないのかもしれないけど、日本人ならこんなの恋人相手にだって言えないだろう、普通。

そうこうしているうちに、曲が終わり、俺はギルと体を離してお辞儀をした。

「ありがとうございました」

ギルも、俺が愛していると言えないままダンスが終わったことに特に不平をこぼすでもなく、ありがとう、と返してくれる。

「ユキヤは奥ゆかしいな。そういうところも魅力《みりょく》的だが」

クスリと笑われて、むっとしたけどやっぱり睨むことはできずに目を逸らす。

「サラさんは？」

「ん？」

「サラさんはまだ見てますか？」

「いや、もういない。ダンスの途中《とちゅう》で顔を真っ赤にして戻《もど》っていった」

そう言って、同じように真っ赤になっているだろう俺の頬《ほお》をするりと撫《な》でた。

そっか、それで『愛してる』って言えって、強要しなかったのかもしれない。でも、それならそれで、言ってくれればよかったのに……。

「飲みものでも取ってこよう。ここで待っていてくれ」

「はい」

ホールへと戻り壁際《かべぎわ》に設置されているソファへと座った俺にそう言うと、ギルはウエイターのほうへと歩いて行った。

その背を見ながら俺がため息をこぼしたときだ。

「行哉ー」

「っ……省吾さんっ」

突然《とつぜん》横合いから声をかけられて、俺は驚いて振《ふ》り返った。

「見てたぞー」

楽しそうにニヤニヤと笑う省吾さんを、俺はむっとして睨みつける。

「はは、顔真っ赤」

「からかうなよっ」

頬をつっこうとした手を振り払《はら》ったけれど、省吾さんは気を悪くした風でもない。

「お前ダンスできたんだなー。その服も似合ってるし。ブレイスフォードさんに買ってもらったのか？」

「………」

買ってもらったのか？　って。

省吾さんらしいといえばらしい態度に、俺はどっと疲《つか》れを覚えた。

ギルには「社長に怒られます」って言ったけど、やっぱ省吾さんならこんな反応だよな。企業人《きぎょうじん》としてどうかと思うけど。

「にしても、ダンス踊《おど》れるってなんかいいよな。俺とも一曲――って言いたいとこだけど、俺踊れないんだよなぁ」

「俺も男性パートしか踊れないから、教えるのはちょっと難しいかも――」

『どうしました？』

声をかけてきたのは、いつの間にか戻ってきていたギルだった。

なんで英語？　と思いつつ、差し出されたワイングラスを、礼を言って受け取る。

『先ほどのダンスを見て、私も踊ってみたいと思ったんですが……不調法なもので』

照れたように笑う省吾さんに、ギルもまた微笑《ほほえ》みかける。

『なら、私が今から教えましょうか？』

そう笑《え》みを刻んだ唇《くちびる》からこぼれた言葉に、俺は思わず立ち上がった。

『絶対悪目立ちするからやめてくださいっ』

俺が止めないと省吾さんはうん、と言いかねない。そう思ってとっさに口を挟《はさ》んだんだけど。

『ユキヤがそう言うなら仕方ないな。――申し訳ない。またの機会にということで』

ギルにそう言われた省吾さんは驚いたような顔で俺を見ていた。

『省……社長？』

俺が首を傾《かし》げるとはっと我に返ったような顔で、慌ててギルに向かって頷く。

『え、あぁ、はい。ありがとうございます』

省吾さんらしくない態度を不思議に思って見つめていると、省吾さんはそんな俺に気づいて苦笑《くしょう》した。

「お前がこんな風にすぐに人と打ち解けるなんて、珍《めずら》しいと思ってさ」

日本語でこっそりそう言われて、そう言われてみればそうかもと思う。

しかも、仕事のために言うこと聞かされているって立場だってのに、大してストレスにもなってないみたいだ。

――でも……省吾さんはギルが日本語できないと思ってるのかもしれないけど……。

ちらりと見たギルの顔には、なんだかからかうような笑みが浮《う》かんでいた。

ううう、やっぱり。

多分あとで直接からかわれるんだろうな……。そろそろこの人の性格がなんとなく分かってきた気がする。

ひょっとして、省吾さんの前で英語しかしゃべらないのって、こういうことが目的なんだろうか？

商談なんかだと、ギルが日本語分かんないだろうと思って、大して声も潜《ひそ》めずに大事なことをぽろっと漏《も》らす相手もいるだろう。

実際こうして、省吾さんは騙《だま》されちゃってるしな……。

ギルのいるところでばらすわけにもいかないけど、機会があったらこっそり教えておこう、と思ったのだった。

シャワーを浴び、胸に船の名前が刺繍《ししゆう》されているパジャマに着替《きが》えてリビングに戻ると、ギルの姿はなかった。

どこに行ったのだろうとベッドルームを覗《のぞ》くと、バスローブ姿のままベッド脇《わき》のソファにかけて船内新聞を読んでいる。

時計はやっと午後九時を回ったところだ。

パーティは夜遅《おそ》くまで続くみたいだったけど、俺たちはサラさんに見せつけるという目的も達したことだしと、早々に引き上げてきていた。

「そういえば、昼間この部屋にいた人はどうしたんですか？」

こっちにこいと言うように手招きするギルに従ってソファに近寄りつつ、俺は疑問に思っていたことを口にする。

「昼間？」

「ええ、俺と社長が来たとき案内してくれた……」

秘書の人かと思っていたけれど、あれ以来一度も見かけないので気になっていた。

「ああ、彼はこの部屋を担当しているバトラーだ」

バトラー……ってことは、ギルの部下じゃなくて、船の従業員だったのか。

「全然気づきませんでした。服もキャビンアテンダントとは違《ちが》ったし」

「制服が違うからな。だが、ネームプレートをつけていたはずだぞ」

そうなのか。あのときは緊張《きんちょう》していたせいか、そんなことにも気づかなかった。

テンパっていた自分が恥《は》ずかしくて、肩《かた》にかけていたタオルで口元を覆《おお》う。

「そ、それで、俺はどこで寝《ね》たらいいですか？」

話題を変えようと口にした言葉の返事は、思いがけないものだった。

「ベッドに決まっているだろう？」

そう言ってギルが指したのは、すぐ横にあるキングサイズのベッド。

「え」

まさか、ここで？……一緒《いっしょ》に？

「ベッドは一つしかないが、恋人同士《こいびと》なんだから問題ないだろう？」

笑顔《えがお》で当然のように言われても、はいと頷《うなず》けるわけがない。

「恋人同士って……それはあくまでもサラさんを騙すためのものでしょう？　サラさんのいないところ——人目のないところでまで恋人の振りをする必要なんてないじゃないですか」

「……そうだな。確かにもっともな意見だ」

言い募《つの》る俺に、ギルはまじめな顔でそう言って頷くと、新聞をテーブルに置いて立ち上がる。

よかった、分かってもらえたかとほっとした俺は、ギルがどうして立ち上がったかなんて少しも考えなかった。

「じゃあ、俺はリビングのソファをお借りして——」

「だが」

ギルの手が俺の肩をとんっ、と押した。それほど強い力ではなかったけれど、そのまま足元を掬《すく》われるようにされてバランスを崩《くず》してしまう。

「えっ？」

そして、気がついたときには、その巨大《きょだい》なベッドの上に押し倒《たお》されていた。

「あれ？」

一瞬《いっしゅん》状況《じょうきょう》が分からずに、そんな間の抜《ぬ》けた声を出した俺に、ギルが困ったような顔をする。

「ユキヤをソファに寝かせるなんて忍《しの》びない。だがベッドは一つしかない」

いや、別に忍びなくなんてないし。っていうか、そんな顔で忍びないとか言うな。なんて考えてしまった俺は、のんきだったと思う。

「久々に会えた恋人というシチュエーションからすると、ここは多少色疲《いろづか》れしていたほうが真に迫《せま》るだろう」

「い、いいいい色疲れって」

聞きなれない言葉に、狼狽《ろうばい》しているうちにギルの顔がどんどん近づいてきて、その距離《きょり》に比例するように心臓が高鳴る。

なんで、そんなに近づいてくるんだよっ？

「そんなに無防備に口を開いてると――」

「んっ……」

舌で口腔《こうこう》の中を探《さぐ》られて、俺はびくりと体を強張《こわば》らせた。

「舌だけじゃなくて、別のものも入れたくなるな」

「な、な、な……っ」

クスリと笑われて、俺は何も言えないままパクパクと口を動かす。

別のものってなんだよーっ⁉

顔がかっと熱くなって、気がついたときには再び手を上げていた。

バシッ、と思い切りいい音がする。

「あ……」

頭の中は、またやってしまったという言葉と、これくらい当然だという言葉がぐるぐると渦《うず》巻《ま》いている。でも、俺はこの人に仕事上でお願いがある立場で、それじゃ、これってセクハラか？　っていや、だからそうじゃなくて、でも――。

けれど、そんな俺にギルは楽しそうに……いや、むしろうっとりしたように微笑む。

「俺を殴《なぐ》るような人間は、ユキヤだけだな」

至極《しごく》楽しそうな声色《こわいろ》に、俺はぎょっとして体を引いた。とはいえ、ギルにのしかかられたままではわずかに身じろぎしたに過ぎなかったけれど。

……………ま、まさか……ギルって…………マゾ、なのか？

俺は無言のままごくりと息を呑《の》んだ。

い、いや、まさかだよな？

こんなどっからどう見てもかっこいい男が、マゾなわけない……よな？

けど――殴られたというのに、怒《おこ》りもせず、むしろ嬉《うれ》しそうだなんて、そうとしか思え

ない。

そう言えば、最初に殴ってしまったときのことも特に怒っている様子はなかったし……。

「どうした？　急におとなしくなったな」

そんなこと言われても、何を答えていいか分からなかった。

だって、俺はそういうの詳《くわ》しくないからよく知らないけど、下手《へた》に暴れたり、殴ったり、ののしったりしてギルが気持ちよくなっちゃったらどうしたらいいんだ!?

はっきり言って、怖《こわ》すぎる。

「まぁいい。気持ちよくしてやるから安心してじっとしていろ」

ギルは戸惑《とまど》いのあまり動けなくなった俺を、怪訝《けげん》そうに見たあとそう言うと、ゆっくりと覆いかぶさってきた。

胸の辺りに手を置かれて、ゆっくりと耳元にキスされる。

耳元に吐息《といき》が触《ふ》れ、耳朶《みみたぶ》をやわらかく濡《ぬ》れた舌がたどって行く。背筋がぞくぞくするような感覚に、俺はぎゅっと唇《くちびる》を噛《か》んだ。

「ふ……ぅっ……」

どうしようどうしようと悩《なや》んでいるうちに、胸に置かれた手のひらがゆっくりと動き出す。

何かを探すようにじっくりと撫《な》でられた。

ふんわりとしたパイル地のパジャマ越《ご》しとはいえ、手の動きが分からないほどじゃない。

「あ……っ……」

やがて布の擦《す》れる刺激《しげき》に尖《とが》り始めた乳首《ちくび》を、指先で強く押されると体がびくりと痙攣《けいれん》した。

「敏感《びんかん》だな」

嬉しそうに言われて、ぎゅっと体の脇でこぶしを固める。

な……殴りたいっ。

まさか、男にそんな恥ずかしい台詞《せりふ》を吐《は》かれる日がくるなんて、考えたこともなかった。けれど、殴ったあとの反応のことを考えるとどうしていいか分からなくなる。

殴ったあとで『もっと』とか言われたら……！

できることならそんな事態だけは避《さ》けたかった。なぜか分からないけど、ギルのそんな姿は死んでも見たくないと思ってしまう。

そんな風に俺が苦悩《くのう》している間にも、ギルの行為《こうい》は徐々《じょじょ》にエスカレートしていく。

布越しに乳首を探っていた手が、パジャマの裾《すそ》から進入し、へそのあたりをするりと撫でる。

そうしながら俺の脚《あし》の間に片膝《かたひざ》を入れ、ゆっくりと膝を揺《ゆ》らした。

「んっ……ぁっ……」

そんなに一度にいろいろな場所を――しかも、どれもじれったいような刺激を与《あた》えられて、俺は身悶《みもだ》えする。

もしも、いきなりズボンの中に手が入ってきたりしたら、あと先考えずに殴りつけてしまったかもしれないけれど、ソフトな触れ方のせいで理性が働いて自分の体を戒《いまし》めてしまう。

けれど、どんなにじれったい刺激でも、刺激には変わりない。

「…っ……は…んっ…」

じわじわと染《し》み出てくるような快感に、ギルの膝にあたっている場所が少しずつ熱を持っていくのが分かる。

「ユキヤ……」

形のいい唇がゆっくりと、まるですごく大切なもののように名前を呼ぶ。

そんなことにどきりとする自分に驚《おどろ》いた瞬間《しゅんかん》、服の下に入り込んでいた指が、きゅっと乳首を摘《つま》んだ。

「あっ……くっ」

きゅっ、きゅっとそこにあるのを確かめてるみたいに何度も何度も摘まれて、それからゆっくりと尖っている先端《せんたん》部分を指先で擦《こす》る。

「や……あぁっ……」

いやだと言うように首を横に振《ふ》ると、無防備になった首筋に唇が触れた。

強く吸われて首をすくめると、それが気に入らないと言うように何度も同じ場所を吸い上げられる。

その間にも指は乳首を弄《いじ》り続けていた。引っ張ったり、押しつぶしたり、弄られるたびに下半身まで痺《しび》れが走って、なんで？　と思う。

どうして、こんな場所で感じてしまうんだろう？

「っ……っ…はっ」

唇は首筋を伝い下り、鎖骨《さこつ》へと移動していく。少しずつ下がっていく動きを助けるように、パジャマのボタンを外される。

涼《すず》しくなった胸元《むなもと》に、すぐに別の熱が触れる。

「あぁ……っ」

たった今まで散々指で弄られていた乳首を舐《な》められて、俺は自分でも信じられないような高い声を上げてしまう。

「ユキヤは胸が弱いな」

ふっと吐息が触れて、唾液《だえき》で濡れた部分が冷やされる。そんな些細《ささい》な刺激にも、快感が含《ふく》まれていることに驚いた。

「……まさか俺以外にここを可愛《かわい》がってくれる男がいた、ってことはないだろうな？」

からかうような、けれどなぜか少し焦燥《しょうそう》を含む声。

「どうなんだ？」

「あっ……」

言葉とともに、指先で乳首をはじかれて、鋭《するど》い刺激に体が震《ふる》えた。

「ユキヤ?」

「そ……なの」

いない。いるわけがない。

言葉にできる余裕《よゆう》もなくて、俺はただ頭を振って否定する。

「そうか。――――それならいい」

心底安堵《あんど》したという声色が不思議だった。けれど、なぜと問うより前に唇をふさがれる。

「っ……や……っん」

首を振って逃《のが》れようとしたけれど、途端《とたん》に顎《あご》を押さえられて身動きが取れなくなった。

「ん……っ……んんっ」

ゆっくりと深くなるキス。舌が歯列をゆっくりとたどり、俺の舌を搦《から》め捕《と》る。舌先を吸われ、上顎《うわあご》をくすぐるように舐められる。こんなキスはしたことがなかった。

自分が今までキスだと思っていたものが、どれだけ稚拙《ちせつ》なものだったかを思い知らされるようなキスに、頭の芯《しん》がくらくらして、何も考えられなくなる。

「は…っ…ぁ…っ」

唇が離《はな》れてそっと目を開けると、唾液が自分とギルの唇を繋《つな》いでいるのが見えた。けれど、頭の中に霞《かすみ》がかかったみたいにぼうっとしているせいか、恥《は》ずかしいとも思えないままギルの顔を見つめてしまう。

「本当に可愛い。そんなにぼうっとしていて大丈夫《だいじょうぶ》なのか？　誰かに襲《おそ》われるんじゃないかと心配になるな……」

勝手なことを言っていると思ったけれど、その目がすごく優《やさ》しいことのほうに気をとられた。

なんでこんな目をするんだろう……？

そう考えて、ついさっきも同じようなことを思ったような気がしたけれど、もう思い出せなかった。

「ここもずいぶん素直《すなお》だしな」

「あ……」

囁《ささや》くと同時に、すっかり熱くなってしまった場所を布越しに触れられて、俺はやっと我に返る。

「や、やめ……っ」

身を捩《よじ》ろうとした途端、ぎゅっと握《にぎ》りこむようにされて息を飲んだ。

「今更《いまさら》やめられるわけがないだろう？」

「ん…っ…や…ぁっ」

そのままゆっくりと撫でられて、びくびくと体が震える。その上、舌先で乳首をえぐるようにされて腰《こし》が跳《は》ねた。

途端、掬《すく》うように腰に腕《うで》が回されて、下着ごとズボンを脱《ぬ》がされる。

「いやだ……っ」

半ば立ち上がってしまっているものに指が触《ふ》れた。

「あっ…やっ、んっ……あ、あ」

ゆっくりと扱《しご》き上げてくる手を止めたくて、必死で腕を伸《の》ばす。けれど、ギルの手が俺の右手をシーツの上に縫《ぬ》い留めてしまうと、左手だけではうまく抗《あらが》えなくて……。

「こんなに気持ちよさそうなのにどうして止めるんだ？」

「ひぁっ……あぁ…んっ」

笑《え》みを含んだ声とともに、手の動きが激しくなった。

とろとろとこぼれる先走りを指に絡め、音を立てて擦られるとおかしくなりそうなくらい感じてしまう。

「あ、やっ……も…やっ…ぁっ」

「もうこんなにぐちゃぐちゃにしているのにか？」

繰《く》り返される問いかけに徒《いたずら》に首を横に振る。自分でももう何を拒《こば》んでいるのか分からなくなりそうだった。

止めようとしていたはずの左手ももう、力なくシーツの上に落ちている。

「だめ…っ……あっ…ああっ」

そして、ギルの指が先端部分をえぐるように動いた瞬間、俺は堪《こら》えきれずギルの手の中に吐《は》き出してしまっていた。

「気持ちよかったか？」

「っ……は……ぁ……っ」

ギルは激しい運動をしたあとのように胸をあえがせている俺にそう訊《き》くと、特に答えは期待していなかったのか一旦《いったん》体を離した。

ナイトテーブルから何かを手にとったあと、俺の足の間に座り、膝下《ひざした》を持ち上げる。

こんな格好をさせられたら多分、自分でも見たことのないような恥ずかしい場所まで見えてしまう。

「ちょ……やだ、…は…離して」

抗おうと手足をじたばた動かすけれど、ほとんど力が入らなかった。

わずかに揺《ゆ》れるつま先に、ちゅっとキスが落ちる。

「ユキヤは足の先まできれいなんだな」

「な、何を……」

恥ずかしい台詞《せりふ》に思わず体がびくりと震え、意図しないうちに跳ねた足の甲《こう》がギルの顔を蹴《け》ってしまう。

「あっ」

「っ……」

ギルが驚《おどろ》いたように目を瞠《みは》る。

「……俺の顔を蹴るとはな」

たいした衝撃《しょうげき》ではなかったと思うけど、顔を蹴ってしまったということに自分でも驚いた。

BRMの社長の顔を蹴ってしまった……。

と、一瞬蒼白《いっしゅんそうはく》になりかけた俺だけど、ギルは特に気にした様子もなく——というか、むしろ……嬉《うれ》しそう、かもしれない……。

クスリと笑って、今度は更《さら》に足を持ち上げ、踵《かかと》にキスされた。

「たいした足だ」

「…………」

——……そうだ、この人マゾなんだった。

思わず、今自分がどれだけあられもない格好をさせられているかも忘れて、げっそりしてしまう。

けれど、ギルの指が体の奥に伸ばされると、さすがにじっとなどしていられなかった。

「やめてください……っ」

「だめだ。慣らさないと、辛《つら》いのはユキヤだぞ」

「だ、だから、そうじゃ——あっ」

慣らさなければならないようなことをするなと言っているんだ！　と口にできないまま、ギルの指がそこに触れる。

「ひぁっ……っ、やぁ……何…っ」

足の狭間《はざま》に、とろりとした冷たいものが垂らされて、びくりと体が震えた。

「ローションだ。少量だが麻酔《ますい》も入っているから、少しは楽なはずだ」

「っ…あ…、ぅっ……」

ローションで濡《ぬ》れた指が、くちゅくちゅと音を立てて表面を撫《な》でる。

自分が何をされるのか、分かっていなかったわけじゃない。けど、よりはっきりと思い知らされて恐《おそ》ろしくなった。

「や……怖《こわ》い…っ…」

じわりと、目尻《めじり》に涙《なみだ》が浮《う》かぶ。

ギルは、俺の顔を覗《のぞ》き込むと、なだめるように触れるだけのキスをした。

「怖くない。ただ、気持ちよくなって欲しいだけだ」

「そ、なの……無理…っ」

「大丈夫だ」

ゆっくりと頭を振《ふ》るけれど、諦《あきら》めてくれる気はなさそうだ。

「でも、こ…こんなことされたことないし……っ」

いや、されたことのある男のほうが少ないとは思うけど。

「そうか。俺が初めてか」

どう言えば分かってもらえるんだろう。焦《あせ》る俺とは裏腹に、ギルは頷《うなず》いてなぜか嬉しそうに微笑《ほほえ》む。

「安心しろ、絶対に傷つけたりしない」

「そんなこと言われたって……」

怖いものは怖いのだ。それに、実を言えばこんなこと、女の子ともしたことがない。

中学生のときに一度だけ、告白してきた女の子とつき合ったけれど、ごたごたがあってすぐに別れてしまったからキス止まりだったし。

それに、その子とうまくいかなくなって以来、誰かと付き合うのが少しだけ怖くなってしまったというのもある。

「大丈夫だ。俺に任せておけばいい」

「いや、だから大丈夫じゃなくて……」

どうして分かってくれないんだっ、ていうか、人の話を聞けーっ！

「もう黙《だま》っていろ」

微笑と同時に、今度は唇《くちびる》にキスされる。開いたままだった口の中に舌がするりと侵入して、さっき気持ちいいと感じたことを思い出せと言うように、かき混ぜられる。

「っ…ふ…ぅ…っ…んっ…んんんっ」

最奥《さいおう》に触れた指が再び表面を撫で始め、俺は抗おうと体を揺らした。

けれど、足の間にギルがいるという体勢ではどこにも逃《に》げられるわけがない。

指は、ただゆっくりと表面をいききするだけで中に入ろうとはしなかった。

「ん…ぁ……んっ」

けれど、繰り返されるうち、その部分に指が引っかかるようになるのが分かる。

指がその引っかかりを広げるように小刻みに動いて、むず痒《がゆ》いような感覚が少しずつ快感へと摩《す》り替《か》わっていく。

そして、一旦離《いったんはな》れた指が注ぎ足したローションと共にゆっくりと中に入り込んできた。

「んーっ……ん…っ…はっ……やだ…っ」

「痛くないだろう？」

唇が離れた途端《とたん》、拒否《きょひ》の言葉を口にした俺をなだめるように、優《やさ》しい声で囁《ささや》く。

確かに痛くはない。けれど、自分の体の中にギルの指が入り込んでいるというのが、怖くて、恥《は》ずかしくて、いたたまれない。

ギルの指が何かを探すように中を動き回る。

そして。

「は…ぁっ……あ……あぁっ」

そこを指が擦《こす》った途端、信じられないような快感が背中をかけ上がった。

くなる。

まるでかくれんぼで鬼《おに》が隠《かく》れた相手を見つけたみたいな、得意げな声と共に、指の動きが速

「見つけたぞ」

「ひぁっ…や…あ、あぁっ、な…やぁ…っん」

無理やり高みへと押し上げるような鋭《するど》い快感だった。

腰《こし》が勝手に跳《は》ねて、足の間にあるギルの体を膝《ひざ》で挟《はさ》み込んでしまう。

指はそのまま二本、三本と増やされたけれど、ローションに入っているという麻酔の効果なのか、快感に隠れてしまうような、ほんの少しの鈍《にぶ》い痛みがあるだけだった。

「ふ…ぁ……っ」

ずるりと、中から指が抜《ぬ》き出される。

「や…や……だ」

指がなくなったことに安心なんて少しもできなかった。指を抜かれたら、次に何を入れられてしまうかなんて考えなくても分かる。

「大丈夫《だいじょうぶ》だ。もうとろとろに溶《と》けきってる」

バスローブを脱《ぬ》いだギルが再び覆《おお》いかぶさってくる。くちゅりと、いやらしい音を立ててギルのものの切っ先が、たった今まで指で散々かき混ぜられた場所へ触《ふ》れる。

「や、だめ…っ…こ、わい」

女の子じゃあるまいしと、思わないでもない。けれど、いくら男でも怖いものは怖い。むしろあんなところにものを入れられるなんて考えたこともない分、男のほうが怖いんじゃないかとすら思う。

けれど、ギルはそんな俺に呆《あき》れるでも、怒《おこ》るでもなく安心させるように微笑んで目尻にキスをした。

「怖いなら、しがみついていろ」

そう言って、俺の腕《うで》を背中に回すように導く。

「あ……」

「ユキヤ……」

優しい声で名前を呼ばれて、ほんの少し体から力が抜けた、そのときだった。

「あぁぁっ……っ…」

「くっ……」

ギルのものがゆっくりと、中に入り込んでくる。

痛みはほとんどなかった。

ただ、何かをぎゅっと詰《つ》め込まれる違和感《いわかん》に、体が勝手にずり上がろうとするのをギルの腕が引き寄せる。

「ひ…っ…あっ…あぁっ」

「っ……全部入った…」

「っ…う…そ……」

あんなものが、自分の中にすべて入っているなんて、とてもじゃないけど信じられなかった。

けれど、ギルはそんな俺に小さく微笑み、ゆっくりと動き出す。

「あっ……あ、あ、ん…あっ」

奥のほうを突《つ》かれると、押し出されるみたいに声がこぼれた。

その上、まだ腫《は》れたようにじんじんしている乳首《ちくび》を指の腹で揉《も》みこまれて、ますます快感は強くなる。

どこか遠くまでさらわれてしまいそうな快感に、ギルの背中へと回した腕にぎゅっと力を込めた。

「痛くないか……?」

訊《き》かれた言葉に、何も考えられずに素直《すなお》に頷く。

「なら、動くぞ」

「え…あっ、あぁ……っ」

今までだって動いていたじゃないかと思った途端、ずるりと中を大きなものが擦った。

「は…あ、あぁ…っ…あ」

抜けていく感覚に体ががくがくと震《ふる》える。けれど、全部抜ける前にもう一度中へと入り込んでくる。

　ゆっくりと、けれど大きく中を動き回るものに、さっき指で触れられて気持ちのよかった場所を擦られて、そのたびに耐《た》え切れずギルの背に爪《つめ》を立てた。

　気持ちよすぎて怖《こわ》いなんて感覚は初めてだった。

「や…だ…め……っ…も…だめ……っ……いく……っ」

　涙《なみだ》がぽろぽろとこぼれてこめかみを濡《ぬ》らす。

「我慢《がまん》しないでいっていいぞ。ほら」

　ギルはそう言うと、俺のとろとろと先走りをこぼし始めていた場所に手で触れた。

「あ…ひぁっ……あっ、あっ…あぁぁっ」

　ぎゅうっとギルの背中にしがみついたまま、俺は絶頂に達してしまう。

　中で締《し》めつけたギルのものは硬《かた》いままだったけど、そのまましばらくギルは動かずにじっとしていてくれた。

　俺はもう体中から力が抜けてしまい、しがみついていた腕もぱたりと力なくシーツの上へ落ちている。快感の余韻《よいん》に震える体に、必死で酸素を送り込むことしかできない。

「こんなに色っぽくなっているとはな……」

　囁きと共にそっと髪《かみ》を梳《す》かれて、気持ちよさにふっと吐息《といき》がもれる。

　けれど、やがて俺の体の震えが収まると、ギルは再び動き始めた。

いったばかりの体はどこもかしこも敏感《びんかん》になっていて、俺は揺《ゆ》さ振《ぶ》られるたびに高い声を上げてしまう。

ぐずぐずに溶けきった中は、ギルのものを拒《こば》むこともない。

「すまない。麻酔《ますい》のせいで時間がかかりそうだ」

途中《とちゅう》でギルが一度そんなことを言ったけれど、その頃《ころ》には俺の頭の中も体と同じぐらい溶けきっていて……。

結局俺はギルが一度いくまでの間に一度、ギルが俺の中に出したときにもう一度……と何度も絶頂へと押し上げられ、そのまま気を失ってしまったのだった。

◆

寝覚《ねざ》めは最悪だった。

「ああ、おはよう」

枕元《まくらもと》に移動させたらしいソファに座って、爽《さわ》やかにそんなことを言うギルを撲殺《ぼくさつ》したくなるくらい体は疲《つか》れきっていて、まるで泥《どろ》――いや、固まる直前のコンクリートみたいだ。

「うん。一晩でずいぶん色っぽくなったな」

「っ……」

顔を覗《のぞ》き込まれ、悪びれるところがないどころか、満足げに言われて思わず手を上げてしまったけれど、蚊《か》も殺せないようなへろへろパンチだった。

「手の早さは相変わらずだな」

その上、にっこり笑ってそんな風に言われ、殴《なぐ》るんじゃなかったと後悔《こうかい》する。

俺が何もかもを諦《あきら》めた気分で、起き上がろうとするとすかさずギルが支えてくれた。振《ふ》り払《はら》いたいと思ったけれど、何がギルを喜ばせるか分からないし、本当に体が辛《つら》かったのでそのまま素直に手を借りる。

そうして起き上がってからようやく自分が全裸《ぜんら》だと気づいた。

どうもぼんやりしているなと思うけれど、起きぬけな上にこれだけ疲れていたら無理もないことだろう。

「バスタオルか何かとってもらえますか？」

「どうしてだ？」

「バスルームに行きたいんです」

ギルが後始末をしてくれたのか、べたべたしたところはないけれど、シャワーくらいは浴びたい。

俺が答えると、ギルは一つ頷《うなず》いて、アッパーシーツで俺をくるんでさっと抱《だ》き上げた。抵抗《ていこう》する間もないほどの早業《はやわざ》だったように思えたけれど、これも俺がぼんやりしていたせいかもしれない。

「ちょっ……降ろしてくださいっ」

「バスルームだろう？　連れて行ってやる」

ギルは俺の言葉には取り合わず、さっさとバスルームへと足を向けた。

「そろそろ昼食の時間だがどうする？　ルームサービスで何か運ばせるか？」

「……お任せします」

正直ものすごく腹が減っていた。けれど、それがどうしてかなんて死んでも考えたくない。

「分かった。ほら、ドアを開けろ」

促《うなが》されて、抱き上げられたままバスルームのドアを開けると、ギルはそっと俺を降ろした。

「洗ってやろうか？」

「結構ですっ」

俺はギルの申し出をきっぱりと断って、ドアを乱暴に閉める。

シーツを籐《とう》で編まれた籠《かご》の中に入れると、バスタブの中に立つ。

バスタブをまたぐときに、まだ奥に何か挟《はさ》まっているような感覚があって、泣きたくなった。

けれど、同時にはっと気づく。

昨日……よく覚えてないけど、ギルって俺の中に出したよな……？

そんな生々しいことは考えたくもなかったけれど、間違《まちが》いない――と思う。

けれど、今はそんな感覚はまったくない。腸壁《ちょうへき》が吸収するなんてわけもないし……。

そうして、俺が気を失ったあと、ギルが俺の中に出したものまで始末したことに思い至って
その場にへたり込んだ。

最悪だ……。

俺はバスタブの中でお湯も出さないまま、しばらく落ち込んでいた。

自分がとった痴態《ちたい》のこととか、泣き言を言ったこととか、なんで断固として拒まなかったん
だとか、快感に流され過ぎだとか、ひたすらぐるぐると反省する。

けれどしばらくすると、ふつふつと怒《いか》りが湧《わ》いてきた。

確かに断固として拒めなかった自分にも問題はあるかもしれない。でも、恋人《こいびと》の振りをさせるためだからって本当に抱くやつがあるかっ？

ぐっとこぶしを握《にぎ》り締めるものの、殴ったら逆効果だと思い出してがっくりする。

――――相手がマゾってやりにくいな……。

「あー、もうっ」

絶対資料読ませて、この契約《けいやく》結ばせてやるっ!!

結局それくらいしか考えられずに、俺はよろよろと立ち上がり、やっとシャワーのコックをひねったのだった。

「資料読んでくれましたよね？」

夜。

思い思いの盛装で着飾《きかざ》った人たちで埋《う》まった客席の中に、俺とギルは並んで座っていた。

今日はタキシードではなく、俺もギルもダークスーツを着ている。

あのあと、ルームサービスの昼食を食べているときに、ギルが夜はショーを観に行くと言い出した。

それまで休んでいろと言われた言葉には素直《すなお》に従うことにして、俺はギルにちゃんと資料を読んでくれと言ったんだけど……。

「あ、そう言えばお前が休んでいる間に、サラとカドクラが訪ねてきたぞ」

「えっ、しょ……社長が？」

話を逸《そ》らされたとは思ったものの、俺は思わずそう訊《き》き返していた。

サラさんのことはともかく、省吾《しょうご》さんの反応はものすごく気になる。

「ああ」

「……社長に何か変なこと言ってないですよね？」

「……昨夜無理に飲ませたから寝《ね》ていると言っただけだ」

なぜか眉《まゆ》を顰《ひそ》めてそう答えたギルに、俺はほっと胸を撫《な》で下ろした。

ギルが少し不機嫌《ふきげん》そうになったのは、サラさんのことを思い出したせいだろうか。

「サラさんにはなんて言ったんですか？」

けれど、俺が恐《おそ》る恐る訊くと、ギルは意外にもにやりと笑った。

「昨夜可愛《かわい》がり過ぎたから、まだ起きられない、と言ったら蒼白《そうはく》になっていた」

そんなこと言ったのか……。

きっとめちゃくちゃ恨《うら》まれてるんだろうなぁ、とげっそりする。

まぁ、この船を下りたら二度と会わない人だし、気にする必要はないと思うけど……やっぱり少し気の毒だとは思う。

「ほら、そろそろ始まるぞ」

俺が考え込んでいるうちに開演時間になったらしい。ギルの言葉とほぼ同時に、ゆっくりと客席の照明が落とされていく。

「そう言えば、これってなんのショーなんですか？」

聞いていなかったと思って問うと、ギルは思わずといった風に笑う。

「今更《いまさら》訊くのか？」

おかしそうな声に、俺はむっとして口を噤《つぐ》んだ。

確かに、今から始まるというときに訊くなんて、少し間が抜《ぬ》けているとは思うけど。

「そんな風に唇《くちびる》を尖《とが》らすな」

「っ……ギルっ」

その唇に軽くキスされて、人前で何をするんだと慌《あわ》てたけれど、すぐに人前だから意味があるんだと思い出した。

でも、俺にとっては幸いなことにちょうど照明が落ちたところだったせいか、だれにも気づかれなかったみたいだ。

「まぁ、俺が言わなくても、すぐに分かる」

『紳士《しんし》淑女《しゅくじょ》のみなさま！　本日はようこそおいでくださいました！』

ギルの言葉にかぶさるように、こういう場でのお定まりの言葉が聞こえて、俺はぱっとステージに向き直る。

始まったのはダンスだった。派手な衣装をつけた女性が次々にステージに登場する。

俺はなんとなくこの光景に見覚えがある気がした。

ダンスショーなんて、見たことはないはずだけど……。

そう思っていたら、ステージの中心からスモークが立ち上る。

そしてスモークが収まったあと、ステージの中央に立っていたのは、タキシードを着た初老の男性だった。横にはアシスタントらしき二人の女性の姿があり、ダンサーの女性たちは袖《そで》へと戻《もど》っていく。

「あ……これって…」

ひょっとして、と思って見ていると想像通り、始まったのはマジックショーだった。

懐《なつ》かしいと思ったのは、子どもの頃《ころ》に見たマジックショーも同じようにダンスから始まったせいだったらしい。

俺はちらりと、ギルを盗《ぬす》み見た。

「？　どうした？」

「な、なんでもありませんっ」

――たまたま偶然《ぐうぜん》、なんだろうか？

俺がマジックを好きだなんてこと、ギルが知るはずもないし……。けれど、そんなことを考えていたのもそこまでで、マジックが始まってしまえば、そちらに夢中になってしまう。

ハンカチやカードを使ったオーソドックスなものから、動物が増えたり減ったり飛び出したりするもの、途中途中《とちゅうとちゅう》にダンスを挟みつつ、くるくると入れ替《か》わる演目を子どもに戻ったかのように楽しむ。

「すごい…っ、あれってどうなってるのかな？」

「さぁな、不思議だ」

興奮して訊いた俺に、ギルは楽しそうに笑って言った。その顔が俺をからかっているみたいに見えて、本当はタネが分かってるんじゃないかと疑わしく思って訊いてみる。

「タネが分からないほうが楽しめるだろう？」

案の定そんなことを言うギルを軽く睨《にら》んだけれど、言われてみればその通りかもしれない。

俺は頷《うなず》くと、再びステージに視線を戻す。

でも、フィナーレに向かって徐々《じょじょ》に盛り上がっていくステージとは逆に、俺は少しずつ座っているのが辛《つら》くなってきていた。

実は最初から少し腰《こし》が痛かったんだけど……。原因が原因なのでギルにはばれたくなくて、平気だという顔をしていた。

「………って」

少し体勢を変えようと思っただけだったのに。身じろぎをしてほんの少し顔を顰《しか》めた俺を、ギルは見逃《みのが》さなかった。

「ユキヤ？　具合でも悪いのか？」

驚《おどろ》いて固まった俺に、ギルは眉を顰める。

「べ別に、平気、です」

俺は慌てて首を振《ふ》ったけど、ギルは納得《なっとく》しなかった。

「――――出るぞ」

「え、そんな、待ってくださいっ」

立ち上がろうとするギルを必死で制止する。

「ユキヤ？」

「だ、だって、もうすぐ終わりじゃないですか。俺、最後まで見たい……」

子どもみたいなわがままを言っているという自覚はあって、そんな自分を恥《は》ずかしいと思う。

なんでだろう、俺、こんな子どもじみたこと言うタイプじゃないと思っていたのに。

俺がわがまま言う相手って――言える相手って、省吾さんだけだったはずなのに……。

「分かった。仕方ないな」

呆《あき》れたというようにため息をついて、ギルの手が俺の頭をくしゃりと撫でた。

「痛むのはどこだ？　腰か？」

「は、はい」

こくりと頷くと、ギルは自分のスーツの上着を脱《ぬ》いで軽く畳《たた》むと、俺の腰と座席の間に挟《はさ》みこんだ。

「少しは楽なはずだ。あと、十分程度だから頑張《がんば》れ」

まるで俺じゃなくてギルが我慢《がまん》させているみたいに言われて、申し訳ないという気持ちと同時に、感謝で胸が温《あたた》かくなる。

「ありがとう…ございます」

「いいから、ステージを見ておけ。ほら、新しいのが始まるぞ」

「はい……」

――そうして、最後の大脱出《だいだつしゅつ》まで見てから、俺はギルの手を借りて席を立った。

方々へ散っていく客の波を避《さ》けつつ、ゆっくりとホールを出る。

「すごく楽しかったです。ありがとうございました」

「いや……無理をさせて悪かった」

「そんな、ギルのせいじゃ…」

ない、とは言えないけど。

「でも、わがままを言ったのは俺ですから」

「あんなのはわがままの内に入らないだろう」

皺《しわ》のついてしまったジャケットを腕《うで》にかけたギルは、そう言って笑った。

そのときだ。

『ギル』

名前を呼ぶ声に、首を回《めぐ》らすとそこに立っていたのはあのとき見た女性――サラさん、だった。

「ユキヤ、行くぞ」

「え……」

『待ってよっ』

何事もなかったかのように歩き出そうとしたギルを、サラさんが腕を摑《つか》んで止める。

『――……なんの用だ』

苛立《いらだ》ちを含《ふく》んだ嘆息《たんそく》と冷たい視線に怯《ひる》んだように、サラさんの指が震《ふる》えた。

けれど、その指はギルの腕を摑んだまま離《はな》さない。

『話を聞いて欲しいの』

『話すことはもうすべて話しただろう。もう何も話すことなんてない』

ギルの言葉は容赦《ようしゃ》がなく、手を振り払《はら》いこそしないものの、相手にする気がないのは見え見えだった。

『だって、嘘《うそ》でしょ？　あなたがこんな男の子とつき合ってるなんて……』

『嘘じゃないと、何度言ったら分かってもらえるんだ？　私はこの人を愛している。だから君との――――いや、誰との結婚《けっこん》も考えられない』

きっぱり言い切って俺の腰を支えてくれていたギルの腕に、ぎゅっと力がこもる。

『そんな……そんなのって……』

『分かったらもう離してくれ。ユキヤは体調が悪いんだ。負担をかけたくない』

『っ……』

サラさんは、ギルの言葉に、ものすごい形相で俺を睨むとギルの腕を放し、走ってどこかへ行ってしまった。

「……俺、相当恨《うら》まれてますよね……」

「そうだな。油断すると、暗殺されるかもしれないな」

「暗殺⁉」

そんなバカなと思うけれど、確かにそれくらい恨みのこもった視線だったと思う。

「まぁ、俺の近くにいる間は大丈夫《だいじょうぶ》だろう。ちゃんと守ってやる」

「……つまり、そのあとは責任持てないってことですか？」

あんた、最初に「サラは身元がしっかりしているから、後々迷惑《めいわく》がかかるようなことはない」って言ってたくせに。

いや、もちろん暗殺なんて冗談《じょうだん》なんだろうけど。

多分。

………。

なんだか怖《こわ》い考えになってしまったと思ってからやっと、ギルがそんな俺を見てニヤニヤと笑っていたことに気づいた。

「ひょっとして、からかったんですか？」

むっとして睨みつけるけど、ギルはますます楽しそうな顔になるだけで、応《こた》えた様子はまったくない。

「からかってなんていない。可愛《かわい》いと思っていただけだ」

その上そんな風に言われて、俺はもう何も言い返せずに目を逸《そ》らすと、黙《だま》って歩き出した。

けれど、三歩も進まないうちにギルに追いつかれて、再び腰を抱《だ》かれる。

「耳まで赤いぞ？」

「怒《おこ》ってるんですっ」

火照《ほて》る頬《ほお》を手のひらでぐいっと擦《こす》る。

――人前だから、見せつけるために口説き文句を言っているだけだ。

そう思うのに、どうしてどきどきしてしまうんだろう。いや、あんな顔で口説かれたらきっと誰だってちょっとはどきどきしてしまうに違《ちが》いない。

　そんな風に考えてみるものの、結局部屋に着くまで、俺は一度もギルの顔を見ることができないままだった。

◆

「………意外だ」

「どうした？」

俺の呟《つぶや》きを聞きとがめて、ギルが顔を上げる。

手元には金の縁取《ふちど》りの入った白い皿が置かれている。その上に載《の》っているのは、様々な形のチョコレートだ。

今日、俺たちはチョコレートブッフェにきていた。船内にはレストラン以外にもバーやラウンジがいくつもあって、好きな時間にアルコールや軽食が楽しめるようになっている。

ここもそういった場所の一つではあるんだけど、特徴《とくちょう》はその名の通りチョコレートしか置いてないってことだ。

中央にある大きなテーブルの上には、様々な種類のチョコが用意されていて、それをいくらでもとって食べられる。

いつもは込み合っているみたいだけど、今日は寄港地に着いたこともあって、船内全体の人口が少なくなっているせいか、空いているテーブルもあった。

俺は甘い物はそんなに得意じゃないけど、チョコレートだけは別で、結構好きだ。

だけど、ここに来ようと言い出したのは、ギルだった。

ギルが甘い物好きだなんて思わなかったから、俺が好きそうだと思って連れてきたのかなって思ったんだけど……。

「いいえ、なんでも……」

「そうか？　あ、これ美味《うま》いぞ」

もごもごと口を動かすギルに、本当に意外だ、と思う。

どっちかっていったら、チョコっていうより、アルコールって感じの顔なのに。まぁ、食事の席でもアルコールはあまり口にしないから、あくまでも見た目の印象なんだけど。

甘い物が好きなんて、可愛いとこあるんだな、なんて思っていたら。

「ほら、口開けろ」

たった今美味いと言ったものと同じチョコを、フォークに刺《さ》して俺の口元に近づけられて顔が引きつった。

「え、そんな、いいですよっ、自分で食べますっ」

こんな人がいっぱいいるところで、そんなバカップルみたいな真似《まね》は避けたい。

「いいから、開けろ」

「………」

唇《くちびる》にちょん、とチョコを押し当てられて、俺はしぶしぶ口を開いた。

「美味いだろう?」

得意満面といった顔のギルに、頷《うなず》く。

口に入ってきたのは、ココアパウダーのまぶされたトリュフで、ギルの言葉通りとても美味《おい》しかった。

けれど、ギルのフォークで口に入れられたことを考えると、恥《は》ずかしくて味が分からなくなりそうだ。

「よかった。あ、ユキヤ」

「え?」

なんとなく視線を避《さ》けるように顔をうつむけていた俺は、名前を呼ばれて顔を上げる。

「っ……」

途端《とたん》、肩《かた》を抱き寄せられ、唇をぺろりと舐《な》められて、俺はバッとギルから体を離した。

「なっ、何すんですかっ」

口を手で押さえて非難した俺に、ギルはにこりと笑う。

「ココアがついていたぞ」

「……誰のせいでついたんですか。っていうか、口で言ってくれれば分かりますからっ」

これからは街でバカップルを見ても、絶対に非難しないと心で誓《ちか》う。

彼らだって、ひょっとしたら何かやむにやまれぬ事情があるのかもしれないしな……。

俺は深いため息をついて、平べったく薄《うす》い形のチョコを口に入れる。冷たく冷やされていたチョコは、口の中であっと言う間にとろけた。

そうして、思う存分チョコを食べたあとは、サンデッキへと移動する。

今日は天気がいいから、波がきらきらと光って見えた。

プールで遊ぶ人たちの楽しそうな声が、少し離れた場所から聞こえてくる。

船の上は、地上とはまるで別の世界みたいに、時間がゆっくりと流れていると感じるのはこんなときだ。

けれど、そうなると逆に、ここには仕事できているんだ、ということが思い出されたりする。

「ユキヤは肌《はだ》が弱そうだから、ちゃんと日陰《ひかげ》に入っていたほうがいい」

そう言って、日のさんさんと差すデッキチェアにごろりと横になったギルを俺は上からじっと見下ろした。

「ごろごろしているなら、資料を読んでいただきたいんですけど」

ついつい声が尖《とが》ってしまうのは、ギルがまったく資料に触《ふ》れようとしない以上しかたがないと言うものだ。

昨夜だって、部屋に戻《もど》ったあとはシャワーを浴びてすぐ寝《ね》てしまったし。

ちなみに、本当にただ眠《ねむ》っただけ。

いきなりベッドに引きずり込まれたときはどうなることかと思ったけど、体に負担になるようなことはしないと言われ、ただ抱きしめられて眠った。

朝起きたときには、ギルは俺の寝顔を観察していて、俺の顔見てる暇《ひま》あったら資料を見てください と言ってみたものの、笑ってかわされてしまった。

「こんな日差しの強いところで、資料なんて読めないだろう」

「だったら、部屋に戻りましょう」

「こんな昼間から部屋で二人きりになりたいなんて、ずいぶん積極的だな」

「そういうことを言ってるんじゃないでしょうっ」

こういうのを、ああ言えばこう言うって言うんだろうな……。

俺はぐったりと疲《つか》れて、日陰にあるデッキチェアにごろりと横になった。

いわゆる不貞寝《ふてね》というやつだ。

「そうだ、ユキヤ」

「………なんですか？」

わざとギルに背中を向けるようにしていた俺は、名前を呼ばれて仕方なく寝返りを打った。

「今夜はカジノに行かないか？」

「別に構わないですけど」

むしろそんな未来の話じゃなくて、今からその夜までの間を建設的に使う話をして欲しいと思う。

「なら決まりだ。ユキヤはカジノへは行ったことがあるのか？」

「いえ、初めてです」

子どもの頃《ころ》は当然連れて行ってもらえなかったし、それ以降はそんな暇もなかった。

「そうか……！　よし、楽しみにしておけよ」

と、自分のほうがよっぽど楽しそうな顔で言われて、なんとなく毒気を抜《ぬ》かれてしまう。

毎年乗ってるっていう話だし、多分ギルはとてもこの船が好きなんだろう。

自分の好きな場所を人にも好きになって欲しいっていう気持ちで、俺をあちこちに引っ張りまわしているのかもしれない。

まるで、子どもが自分のおもちゃを自慢《じまん》してるみたいに。

そう考えて、俺はこっそり苦笑《くしょう》した。

業界内外で常に注目を集め続けているあのＢＲＭの社長に、そんな風に思うなんておかしいよな……。

けど、ギルに意外と子どもっぽいところがあるのは間違《まちが》いない。

省吾さんもそういうタイプだし、若くして成功してる人ってこういう人が多かったりするのだろうか。

そんなことをぼんやりと考えているうちに、なんだか少し眠くなってきて、俺はいつの間にかうとうとと眠ってしまったのだった。

「すごい、また勝った……っ」

ブラックジャックのテーブルで、俺はギルのカードとディーラーのカードを見て目を瞠《みは》った。

「どうやらツキが回ってきたみたいだな」

ギルはただそう言って笑うと、勝った分のチップを回収する。

俺はと言えば、最初にちょっとスロットで勝った分のチップもほとんど取られて、今はギルの後ろでゲームを覗《のぞ》き込んでいる状態だった。

ブラックジャックは、自分の手札をできるだけ二十一に近づけていくのを目的とするゲームで、自分の手札がディーラーの手札よりも、二十一に近ければ勝ちになる。

近いって言っても、二十一を超《こ》えるとバーストといって負けになってしまうんだけど。

ついつい欲をかいてバーストさせてしまう俺と違《ちが》って、ギルは冷静に且《か》つ淡々《たんたん》と追加のカードの要、不要を選択《せんたく》して、勝ちこしていた。特にここ三回は連続で勝っている。

「ユキヤ、退屈《たいくつ》じゃないか？」

「全然」

ギルが勝っているのを見るのはなかなか楽しい。

「ならいいが――そうだ」

ギルは思いついたというように声を上げ、にやりと笑った。

「ユキヤは俺に資料を読ませたいんだよな？」

「当たり前です」

こっくりと頷きながらも、俺はなんとなくいやな予感がして及《およ》び腰《ごし》になった。

ギルがこういう笑い方をするときって、なんかよからぬことをたくらんでいることが多い気がするんだよな……。

「だったら、賭《か》けをしないか？」

「え？　賭けって……」

今しているじゃないかと首を傾《かし》げる俺に、ギルは手持ちの札を確認《かくにん》してから次のカードはいらないとディーラーに合図をし、もう一度俺を見る。

「次のゲームで勝ったほうが負けたほうの言うことを聞くっていうのはどうだ？　もし、ユキヤが勝ったら資料でもなんでも読んでやるぞ」

「勝ったらって……二人とも勝ったらどうするんですか？」

ブラックジャックはあくまで客とディーラーの勝負であって、客同士の手札は関係ない。

当然、二人とも勝ち、とか、二人とも負け、とかいう可能性もある。

「お互《たが》いの手札で勝負すればいいだろう。別に公式にやろうといっているわけじゃないんだから」

それもそうか。

すべての客がカードをもらい終え、ディーラーのカードがオープンされる。合計は十九。けど……。

ギルのカードは二十だった。

「――やめときます。こんな勝ちまくっている人と勝負するほど、俺は無謀《むぼう》じゃありませんから」

きっぱり言うとギルは少し考えて、次のゲームのためのチップを所定の場所に置いてから再び口を開く。

「ルーレットならどうだ？」

「ルーレット？」

「ああ、知っているか？」

「一応、どんなゲームかくらいは知ってますけど」

赤と黒の数字が交互《こうご》に並んでいる円盤《えんばん》があって、そこに投げ込まれたボールがどの色や数字に入るかを予想するゲームだ。

「ルーレットなら、お互いが赤と黒のどちらかに賭けることにすれば、確率は二分の一だろう？」

「それはそうですけど……」

確かにそれなら実力は関係ないかもしれない。

「もちろん、ユキヤに好きなほうを選ばせてやる」

……悩《なや》むところだ。

今のところギルにはまったくと言っていいほど、資料を読もうという意欲が見られない。

でも。

「資料を読むって約束で俺を連れまわしておいて、勝ったら資料を読むってなんかおかしくありませんか？」

「それもそうか」

「そうです」

資料を読むっていうのはもう約束したことなんだから、今更《いまさら》景品扱《あつか》いされても困る。

「なら、契約《けいやく》を結ぶでもいいぞ」

「え」

あっさり言われた言葉に、俺は耳を疑った。

「ユキヤが勝ったら、ユキヤの会社と契約を結んでもいい、と言ったんだ」

「……本気ですか？」

本来なら、賭けで決めるなんていいかげんだと怒《おこ》ってもいいところかもしれない。

けれど、俺は省吾さんたちの作ったソフトを信頼《しんらい》しているし、どんな形であれ契約さえしてもらえればギルにだって損はさせないと思ってる。

ギルがどんな条件をつけてくるかは分からないけど、今だって思う存分振《ふ》り回されているんだし……。

「一つ、確認しておきたいんですが」

「なんだ？」

「俺がこの賭けに負けた場合でも、ソフトの出来いかんでは契約を結んでくれますか？」

もしそれがだめだと言うなら、この賭けに乗ることは絶対にできない。

「ああ、もちろん」

けれど、ギルはあっさりと首肯《しゅこう》した。

つまり、俺がこの賭けに乗っても会社の不利益になる可能性はゼロだってことだ。

「分かりました。その賭け、乗ります」

「よし。なら、移動するぞ」

俺の返事にギルは満足げに頷《うなず》くと、再び勝った分のチップを回収し、今までの勝ち分をまとめて立ち上がった。

そのギルの手札がブラックジャック（最初に配られた二枚の手札で二十一になること）だったのを見て、俺やっぱり無謀だったかもと思う。

けれど、もうあとには引けない。

絶対、勝って契約結ばせてやる……！

そう考えてから、ふと気づく。

——もしそうなったら、この関係も解消されるんだろうか？

契約を結んでもらうのが目的なのだから。

ギルはそれでもいいと思ってこの賭けを持ち出したんだろうか……？

——……って、なんで落ち込まなきゃならないんだっ？

それならそれでいいはずだろう。省吾さんに報告して、契約まとめてとっとと日本に帰ってやる！

「絶対、勝ちますからね」

俺はギルにそう言うと、案内されたルーレットのテーブルに近づいた。

あいにく椅子《いす》は埋《う》まっていたけれど、チップさえ置ければ問題はないらしい。

「赤黒どっちに賭ける？」

「………赤——いえ、やっぱり黒にします」

悩んでも確率が変わるわけじゃない。けれど、今目の前で振り入れられたボールが赤に止まったのを見て、赤が続く確率よりも黒がくる確率のほうがほんのちょっとだけでも高いんじゃないかという気がして、俺は黒を選んだ。

「なら、俺が赤だな」

ギルはそう言って俺のチップを黒、自分の大量のチップをすべて赤へと置いた。

ところが……。

「残念だったな」

ころりと転がったボールが入ったのは十八番。赤のマスだった。

ショックのあまり固まった俺に、ギルは嬉《うれ》しそうにそう言うと倍に増えたチップを持ってテーブルを離《はな》れる。

「どうする？　もう少し遊んでいくか？」

ギルはすぐに賭けの賞品を請求《せいきゅう》したりせずにそう訊《き》いてくれたけど、俺のほうはもう遊ぶ気になれなかった。

これ以上続けても負けが込むだけだという気がするし……。

「なら、とりあえず部屋に戻るぞ」

という言葉に従って、残ったチップを換金《かんきん》し、カジノを出る。

メインストリートを横切り、エレベーターでフロアへと戻《もど》る。

「さて、どんな願いを聞いてもらうかな」

「っ……一つだけですからねっ」

部屋に着いた途端《とたん》、うきうきとした口調で言い出したギルを直視できないまま、クローゼッ

トに近づき、タキシードのジャケットとカマーバンドをハンガーにかけた。ついでにギルの分も受け取って、同じようにかける。

「一つか……慎重《しんちょう》に考えないとな」

ギルはそう言いつつソファに掛《か》けると、苦悩《くのう》しているというポーズをとった。

本当はギルのことだから、あの賭《か》けを持ち出した時点で決めていたに決まっている。

「決めた」

「な、なんですか？」

クローゼットに蝶《ちょう》ネクタイとサスペンダーをしまっていた俺は、その声に恐《おそ》る恐る振り返った。

手招きされて、しぶしぶソファへと近づく。

「この部屋の中でも、恋人《こいびと》を演じてもらう。当然ベッドの中も含《ふく》めて、だ」

にっこりと爽《さわ》やかな笑顔《えがお》で、とんでもないことを言い出したギルに、思わず絶句する。

――……わざわざベッドの中、と言ったのはつまり、セックス込みで恋人役をしろってことだよな……？

一昨日あんなことになったとはいえ、それはサラさんに対する牽制《けんせい》のために俺を色疲《いろづか》れさせるためだって言っていたし、昨日は何もしなかったから安心していたのに。

……というか、そんな要求を爽やかに言うなと言いたい。

なんで俺、こんな賭けに乗るって言っちゃったんだろ。

そもそも、ツキがきてる人間相手に、確率勝負の賭けをしたのが間違《まちが》っていた気がする。

次から次へと後悔《こうかい》が襲《おそ》ってきたけれど、もうあとの祭りだ。

「ユキヤ？　返事は？」

「――――分かりましたっ！　約束は約束ですからね」

少し泣きたいような気分で、俺はそう頷く。

途端、ギルは俺の腕《うで》を引いて抱《だ》き寄せた。

「わ、ちょっ……」

ギルの膝《ひざ》の上に横向きに座りこむ体勢になってしまった俺は、そのまま触《ふ》れるだけのキスをされ、瞳《ひとみ》を覗《のぞ》き込まれる。

まっすぐに見つめられて、俺はなぜか何も言えなくなってしまった。

本当は、膝抱きにされていることが恥《は》ずかしいし、こういう風に突然《とつぜん》抱き寄せるのもびっくりするからやめて欲しい。

けれど、そんな文句を口にすることはできなかった。これは賭けに負けたペナルティなんだから、逆らうことは許されない。

それに、胸がどきどきしてしまっているのは怒っているし、それに驚《おどろ》いたからだと、訊かれたわけでもないのに心の中で言いわけを考えた。

「ユキヤ……」

名前を呼ばれて、何度も何度もキスが繰《く》り返される。

少しずつ深くなるキスに、俺はぎゅっと目を閉じていることしかできない。

「…っ…ん……」

ギルの指がシャツのボタンを外していくのが分かった。ズボンの前立てもはだけられて、下着ごと脱《ぬ》がされてしまう。

そして、ゆっくりと手のひらで胸を撫《な》でられた。

「もう尖《とが》ってる」

「あ……っ」

唇《くちびる》のすぐ側でそう囁《ささや》かれるのと同時に、指でぐりっと乳首《ちくび》を押されて、びくりと体が揺《ゆ》れる。

「少し赤いな。この前散々弄《いじ》ったからか？　ほら見てみろ」

「いやです…っ」

その台詞《せりふ》に心当たりのあった俺は、恥ずかしさから少しでも逃《のが》れたくて、ギルの首筋に顔を埋めた。

実際、あれ以来シャワーを浴びるときも、服を着るときもそこが擦《す》れて気になっていたのだ。

「恥ずかしいのか？」

こくりと、首筋に額を擦《こす》りつけるようにして頷《うなず》く。

「そんな可愛《かわい》い態度をとられると、このままずっと色が抜《ぬ》けないようにしてやりたくなるな」

「や…っ…あ、あっ」

きゅうっ、と指で摘《つま》まれて痛みと紙一重《かみひとえ》の快感が走る。なのに、それを更《さら》にくりくりと弄られて。

「あ、や……、い、たい……っ」

「ん？　ああ、少し強かったか？」

そう言うとギルはすぐに指を離してくれたけど、そこはじんじんとしていて、まるで一回り大きくなってしまったような感覚がした。

恐る恐る見下ろすと、大きさが倍になっているというようなことはなく、ただ赤く尖っているだけだと分かってほっとする。けれど、同時にまだ触れられてもない場所が半ば立ち上がっているのも目に入って、うろたえた。

シャツの裾《すそ》でそこを隠《かく》そうとしたけれど、なんだかもっと恥ずかしい気がしてやめる。

ギルは、そんな俺をクスリと笑って、言った。

「ユキヤ、俺の肩《かた》に手を置け」

「え？」

ギルのジャツを握《にぎ》っていた手を外されて、俺はよく分からないままギルの肩に手を置く。

途端、ぐいっと上半身を引き上げられて、ギルの膝をまたぐようにしてソファの座面に膝をつく体勢になった。バランスを取るために慌《あわ》てて手に力を込める。

「ギ、ギル……？」

「――痛むなら、舐《な》めてやる」

ギルは俺を見上げてそう言うと、目の前の位置になった乳首にキスを落とした。

俺ははっとして、体を引こうとしたけれど、ギルにがっちり腰《こし》を抱かれていて動くことはできない。

ギルの舌がそっと乳首を舐め上げた。濡《ぬ》れた柔《やわ》らかな感触《かんしょく》が、ただ快感だけを伝えてくる。

「ふ…ぁ…っ…あぁ…っ」

そうやって何度も何度も、まるで傷を癒《いや》そうとしているみたいに舐めたかと思ったら、不意に今日はまだ触れられていなかったほうの乳首をちゅっと吸い上げられた。

そして、そのまま舌先でこそげとろうとしているみたいにえぐられる。

「あ…あっ…ん、ぅっ…」

急に強くなった刺激《しげき》に、膝ががくがくと震《ふる》えた。

胸だけでこんなに感じてしまう自分は、どこかおかしいんじゃないかと思う。

「も…や…っ…ぁっ」

ゆるゆると頭を振《ふ》ると、ようやくギルは顔を離《はな》してくれた。

俺は促《うなが》されるまま、半ばへたり込むようにしてギルの膝の上へ座った。頰《ほお》にそっと手が添《そ》えられて、ついばむようにキスをされる。

「ユキヤ……」

ギルの指が、俺の唇に触れた。

「口を開けるんだ」

とんとん、とノックするように唇を軽く叩《たた》かれて、俺はそっと口を開いた。

ギルの指は唇の中にもぐりこみ、指先が歯列をたどる。

「ふ……ぁっ…ん…ん…っ」

二本の指で舌を挟《はさ》まれたり、上顎《うわあご》をつつかれたりするとそれだけで声がこぼれてしまう。

ギルの目が、指で口腔《こうこう》を犯《おか》されている俺の表情をじっと見つめているのに気づいて、羞恥《しゅうち》に頬が熱くなった。

ずるりと唇から指が抜かれる。唾液《だえき》にまみれたそれを直視できなくて、俺はそっと目を逸《そ》らす。

「痛ければ我慢《がまん》せずに言え」

そんな言葉と共に、ギルが膝を開いた。当然その上に乗っている俺は、更に大きく足を開くことになる。けれど、そのことに狼狽《ろうばい》する間もなく割り開かれた後ろに、濡れた指が触れる。

「んんっ…」

そして、その指が潜《もぐ》り込んでくると、俺はすがりつくようにギルの首に腕を回し、ぎゅっと抱きついた。

なぜかこの前よりずっと異物感が強い気がした。思わず体に力が入り、ギルの指を締《し》めつけてしまう。

「そんなに締めつけるな……我慢できなくなるだろう？」

ゆっくりと、指が中をかき混ぜるように動いた。

「ぁ…うっ……んっ」

指がどうしても感じてしまうポイントをかすめるたびに、びくりと体が跳《は》ねる。

ギルにもそれが分かっていると思うのに、指はあちこちに触れてきて、俺はいつの間にか快感を求めて腰を揺らしてしまっていた。

「ふ…ぁっ…あ…ぁ…っ」

抜き差しされている指とは別に、もう一本の指が入り口をくすぐるように撫でる。

「舐めて濡らす必要はなかったな」

耳に唇が触《ふ》れ、耳たぶを軽く噛《か》まれた。どこもかしこも敏感《びんかん》になっているのか、ほんの少しの痛みは、すぐに快感へと摩《す》り替《か》わってしまう。

「ほらもう、こっちもどろどろだ。後ろまでこぼれてる」

「ひぁっ…やっ…あぁっ」

すっかり立ち上がり、先走りをこぼし始めていたものを握りこまれ、それと同時に後ろにもう一本指が入りこんできた。

くちゅくちゅと音を立てているのが、前なのか後ろなのかも分からない。

けれど、どちらにしても泣きそうなくらい恥《は》ずかしかった。

どうしよう、このままじゃ……。

「ギ…ギル…っ…待って……あっ……」

「どうした？」

返事はしてくれたけれど、その指は止まらない。俺はギルの首筋にかじりつくようにして快感をこらえる。

「も、だめ…っ…から」

「うん？」

「あっ…んっ…も…出ちゃ…う…っ」

恥《はじ》を忍《しの》んでそう言ったのに、ギルはただ耳元で笑うだけだ。

「我慢せずに、出せばいい」

「だめ…っ……服、汚《よご》し…っ…」

「服？」

ギルは不思議そうな声でそう言うと、やっと指を止めてくれた。

そう、ギルはこの期《ご》に及《およ》んでまだ、タキシードのままだった。ジャケットは脱《ぬ》いでいるけど、シャツやズボンはそのまま。

「そんなことを気にしていたのか」

「そ…そんなことって……」

俺の給料一か月分より高そうな服なのに。そりゃまぁ、ギルからすればはした金なのかもしれないし、クリーニングに出せばまた着られるとは思う。

けれど、そんな服をまた着られるっていうのもなんかちょっといやだ。俺はじっとギルを睨《にら》んだ。

「そうだな。そこまで言うなら……」

俺がどうしてもいやだと思っているのが伝わったのか、ギルはそう言うと、俺を膝《ひざ》から降ろしソファへ押し倒《たお》した。

「ちょ…ギル、何を――」

「これなら問題ないだろう?」

片足を掴《つか》まれて、ひょいとソファの背もたれに乗せられる。

とんでもない体勢になったことに気づいて、足を降ろそうとしたときにはもう遅《おそ》くて……。

「ギルっ? や、ちょっとま……や、あぁっ」

ギルの唇《くちびる》が俺のものに触れ、そのままゆっくりと口腔に含《ふく》まれる。

「や…やめっ……は、なし……てっ、あ…あ…っ」

舌を這《は》わされ唇で扱《しご》かれると、激しい快感に腰ががくがくと震えた。

問題ありすぎだろうと、思う。

服を汚すのはいやだったけれど、ギルの口に出してしまうなんてもっといやだった。

「ギ…ルっ、だめっ……も…出…る…ぅっ」

けれど、限界まで高ぶっていた俺には、その快感は強すぎて、だめだと思うのにどうしても抑《おさ》え切れなくて……。

「や…だめっ…あぁ――――っ」

結局、ギルの口の中にすべてを吐《は》き出してしまった。

うう……最悪だ。

けれど、もう文句を言う元気はない。ぐったりとして、どこもかしこも力が入らなかった。

ギルは、快感の余韻《よいん》に震える俺をこともなげに抱《だ》き上げると、ベッドルームへ足を向ける。

ベッドの上に降ろされてうつぶせになるように転がされても、強い快感に指の先まで痺《しび》れたようになっていた俺は、ただぼんやりとギルが服を脱ぎ、更《さら》に俺のシャツを腕《うで》から抜《ぬ》くのを眺《なが》めた。

「あ……」

ギルの唇が、肩甲骨《けんこうこつ》の上に落ちる。

「ユキヤ、この傷はどうしたんだ？」

不意にそんな質問をされて、俺はなんとか首だけを動かしてギルを見上げた。

「え……？」

ギルの表情が、とても痛々しそうなものだったことに少し驚《おどろ》く。

ギルが唇を押し当てた場所には、確かに少し大きめな傷があるけれど、それはずいぶん昔の傷で、今はもうかなり薄《うす》くなっているはずなのに。

「……階段から、落ちたんです」

俺はやっと整ってきた呼吸の合間にそれだけを答える。

「落ちた？　だがこれは……」

「落ちて、そこにたまたま尖《とが》った石があって、その石で」

「そうか……」

その傷の長さは七センチほど。少し長いけど、深くはない。自分にとってはむしろ、怪我《けが》よりも突《つ》き落とされたという事実のほうがよっぽど深い傷になった。

中学に入学した年のことだ。突き落としたのは、近所に住んでいた同じクラスの男子で、その頃《ころ》俺がつき合い出した彼女のことが好きだったらしい。彼女とはそのこともあって気まずくなり、すぐに別れることになった。

施設《しせつ》に住んでいる自分を蔑《さげす》み、生意気だと肩《かた》を突かれたことは、高校生になって施設を出るまで忘れられなかった。

それがきっかけで省吾さんが俺を守ってくれるようになり、絆《きずな》が深まったのだから悪いことばっかりじゃなかったけど。

「痛かっただろう？」

「まぁ、そのときは――」

痛かったですけど、と言おうとして、顔を上げた俺はギルの表情に絶句した。

なんで……なんで、そんなに辛《つら》そうな顔をするんだろう？

「……もう、痛くないんです」

俺は、何を言っていいか分からずに、迷った末そんな当たり前のことを口にした。

「ずっと前、十年以上前のことですから」

「そうか」

ギルはそう言って頷《うなず》くと、なぜか少し淋《さび》しげな笑顔《えがお》を浮《う》かべる。

そして、指でそっとその傷を撫《な》でた。

「っ……」

擦《こす》れば消えるんじゃないかって思っているみたいに、何度も指を往復させる。

他意のない触れ方だということは分かっている。けれど、背中の弱い俺にはそれだけでも十分な刺激《しげき》だった。

「あの…っ」

俺は結局我慢《がまん》できず、ギルの腕から逃《のが》れるように上半身を捩《よじ》る。

「あ、の…俺、背中だめなんです。くすぐったくて……だから」

しどろもどろでそう言うと、ギルは少しだけ目を見開いた。そして、思わずというように小さく笑う。

「俺にそんなことを教えてよかったのか？」

そう言って俺の肩を上から押さえた。

「え、あの……ギル？」

半ば起こしていた上半身をベッドに押し付けられ、身動きがとれなくなる。

「あ…っ、ちょっ…ひゃう…っ」

そして、俺がよかったとも悪かったとも答えないうちに、ギルの指が背骨に沿うようにして、俺の背中を撫でた。

「や、やめ……うっ」

「本当に弱いんだな」

言葉と共に今度は、ちょうど背中の真ん中あたりにキスをされる。

さっきまでどこか悲しそうだった人間と、同一人物とは思えない仕打ちだ。

「ふ、ふざけないでくだ…あ、やっ……」

「この前はまったく気づけなくて悪かったな。俺としたことが、舞《ま》い上がりすぎていたのかもしれない」

ずっと気づかなくてもよかったのに。

俺は、うっかり自分からばらしてしまったことを心から悔《く》やんだ。

――けど、あんな顔されるよりはましかもしれない……。

って、俺は何を考えているんだろう。

こんな、賭《か》けに負けて抱かれてるっていう状況《じょうきょう》なのに。

なんて考えていられたのは、そこまでだった。

まださっきの快感が残っている体は、いつもだったらくすぐったいですむはずの刺激を、違《ちが》うものに変換《へんかん》してしまう。

ギルの唇や指が触《ふ》れるたびに、ぞくぞくと体中が震《ふる》えて、俺はぎゅっとシーツを握《にぎ》り締《し》めた。

「んっ…あ…あ、んっ」

そうしてギルに背中じゅうにキスされて、俺は自分が背中の中でも特に肩甲骨の辺りと、背骨の終わるところが弱いというものすごく無駄《むだ》な知識を得た。

そこに触れられると足の指にぎゅっと力が入ってしまう。

さっきいったばかりのものが、腹の下で硬《かた》くなり始めているのを感じて、身じろぎすると、背後から腰《こし》を持ち上げられた。

腰だけを上げている体勢を恥《は》ずかしいと思ったけれど、腕には力が入らない。

「やっ……ギルっ、待って……」

「何を待つ必要がある？　ここはもうとろけきっているぞ」

「あ……っ」

さっきまで指を飲み込んでいた場所に、再びギルの指が入り込んでくる。

「ん…あ…っ…はぁっ…ん」

指はすぐに三本に増えたけれど、痛みはほとんどない。前回と比べると少し引き攣《つ》れたような感覚はあるけれど、快感のほうが強くて流されてしまう。

「や…あっ、動かさないで……っ」

この前だって、信じられないくらい気持ちいいと思ったのに、今回はそのときよりも体が敏《びん》感《かん》になっている気さえした。

無意識にギルの指をぎゅうぎゅう締めつけてしまう。なのに、ギルの指はその中を容赦《ようしゃ》なく動き回った。

抜き差しされるたびに、ぐちゅぐちゅと恥ずかしい音がして、そこがもうどろどろにとろけているのだと、思い知らされる。

「そろそろいいか……」

ギルの指が抜かれ、腹の下に枕《まくら》を入れられる。

「や…ギル…お願い……待って…ギル、待って…っ」

指でほぐされた場所に、ギルのものを擦りつけられて、俺は何度も首を横に振《ふ》った。

「さっきから、待てばかりだな」

ギルはそう言って笑うけれど、その目はいつもの余裕《よゆう》を失っているみたいに見える。

「なぜだ？　痛くないだろう？」

「い…たく……ないですけど…」

なんて言っていいのか分からず、俺は必死で言葉を探《さが》した。

「なんか、変…なんです……」

「変？」

ギルの言葉に俺はこくこくと頷く。

「なんかおかしいっていうか……な、中が…この前より……」

中が感じてしまうのだと、とてもじゃないけど言葉にできず、俺は口を噤《つぐ》む。

けれど、ギルにはそれでも分かってしまったらしい。

「気持ちがいい？」

「っ……」

クスリと笑われて、ただでさえ熱かった頬《ほお》がますます火照《ほて》る。

「前回はローションの中の麻酔《ますい》が効いていたから、感覚が鈍《にぶ》くなっていたんだ。痛みも少ない分、快感も減る」

「う…そ……」

怖《こわ》いくらい気持ちいいと思ったのに……？

あれでまだ、快感が軽減されていたという事実に俺は目を瞠《みは》った。

「とにかく、お前がおかしくなったわけじゃない。安心したな？」

「え、あのっ…ちょっ……」

「もう待てない」

待ってくださいと口にするより先にそう言われて、腰を抱《だ》き寄せられる。

「やっ…あ、あぁ…っ…ん」

ギルのものをぐっと押し入れられ、俺は中を擦られる快感から少しでも逃れたくて、背中を逸《そ》らして伸《の》び上がった。

「だ、だめっ……や…っ…あっあぁっ」

けれど、ギルの腕《うで》が俺をしっかり押さえているせいで、逃れるどころかすぐに一番奥まで埋《う》め込まれてしまう。

「あ……っ…は…ぁっ」

まだ入れられただけなのに、快感で体がびくびくと震えた。

ギルの言葉通り、中はこの前よりもずっと敏感になっているのか、ギルのものの形がはっきりと分かる気さえする。

その上、肩甲骨《けんこうこつ》の上をちゅっと吸い上げられ、中をぎゅっと締めつけてしまう。

「っ……気持ちよさそうだな」

「あ…っ…やだっ……動か…ないで…っ」

「動かなければずっとこのままだぞ？」

からかうような声はわずかにかすれていた。ギルもまた気持ちがいいと感じているのだと分かって、少しほっとする。

自分だけが一方的に乱されていると思うより、恥ずかしくない気がした。

けれど、ギルが動き始めると、恥ずかしいとか恥ずかしくないとか考えている余裕すらなくなってしまう。

「ひ…っ…あっ、あぁっ」

ただもうおかしくなりそうなほどの快感に揺《ゆ》さ振られて、声を上げることしかできない。

そして、ギルがひときわ強く突《つ》き上げた瞬間《しゅんかん》、前に触れられることのないまま、俺は絶頂へ達していた……。

◆

翌日起きると、すでに時刻は正午近くになっていた。

幸い――というかなんというか、体の調子は一昨日に比べれば悪くなかったので、ルームサービスではなくレストランで食事をすることにして、ギルと一緒《いっしょ》に部屋を出る。

外があいにくの雨だったせいか、船内はいつもより込み合っている気がした。

いつもにぎわっているプールやサンデッキには、当然ながら人影《ひとかげ》はない。

「ユキヤは船酔《ふなよ》いする性質《たち》か？」

ギルがそう訊《き》いたのは、雨の影響《えいきょう》でわずかとはいえいつもより船が揺れるせいだろう。

「いえ、三半規管が鈍いみたいで、乗り物酔いって全然しないんです」

「そうか。ならいい」

「そう言うギルは……」

「俺も平気だ。昔はひどかったんだが、毎年乗っているうちに慣れた」

そうか、それでそんなに心配そうな顔をしてくれたのか。

俺は自分が全然平気だから、ちっとも気づかなかったけど……って、そう言えば。

省吾さん大丈夫《だいじょうぶ》かな？

電車は大丈夫だけど、車は人の運転だと酔うって言って、いつも自分で運転してるけど。

「船酔いって、車酔いとどっちが辛《つら》いですか？」

「ん？　そうだな……。酔いやすいという意味では車かもしれんが、船は車と違《ちが》って、止めて一休みってわけにはいかないのが辛いな」

言われてみればその通りだ。

その場合って、どうやって酔いを止めるんだろう？

「実は、社長が乗り物酔いする性質なんです」

「……そうか。心配だな」

その言葉にこっくりと頷《うなず》く。

なんか、考えたらすごく心配になってきた。一応酔い止めの薬はスーツケースに入れてあるはずだけど、省吾さんがそれに気づくとも思えない。

「あの、一旦《いったん》酔ったらそのままずっと具合悪いんですか？」

「いや、医務室で注射を打ってもらえばすぐによくなる。本当は酔う前に酔い止めの薬を飲むのが一番だが」

「そうですか」

その答えにほっと、胸を撫《な》で下ろす。

でも、きっと省吾さんはそんなこと知らないよな？

あとでギルに少しだけでも時間をもらって、様子を見にいったほうがいいかもしれない。

あ、でも部屋に行くところをサラさんに見つかるとまずいんだよな……。

「ユキヤはすぐに社長、社長だな」

「え？」

ギルの言葉に、考え込んでいた俺は顔を上げてギルを見つめた。

なんだか不機嫌《ふきげん》そうな顔をしている。

「あの……？」

なんでそんな顔？と思って首を傾《かし》げる俺に、ギルは仕方ないというようにため息をこぼした。それからそっと苦笑《くしょう》する。

「――そんなに心配なら、あとでバトラーにでも言って薬を届けさせておく。必要なら医務室に予約を入れるようにも言っておこう」

「本当ですか？　ありがとうございます――あれ？」

さっきの表情とは一転して親切な提案に、微笑《ほほえ》んでそう言ったそのとき、ちょうど省吾さんが俺たちの向かっているのとは別のレストランから出てくるのが見えた。

うわさをすれば影《かげ》と言うやつだろうか。まぁ、ランチタイムだし、ここはレストランの多いフロアだからそういうこともあるだろう。

「カドクラか？」

「あ、はい。あの、ついでなんで俺今からちょっと言ってきます。すぐに戻《もど》るので、ギルは先入っててください」

思わぬ偶然《ぐうぜん》に驚《おどろ》きつつ、俺はそう言うと、ギルの返事を待たずに省吾さんに駆《か》け寄る。

「省吾さんっ」

「行哉、どうしたんだ？」

「ご飯食べようと思って歩いてたら、省吾さんが見えたから。あのさ、船酔い大丈夫？」

「ん？　ああ。今んとこ平気」

こくんと頷いた顔は、特に顔色が悪いということもなく、通常通りだ。

「そっか、ご飯食べたんだよね？」

「ああ、今すんだとこ」

「なら、すぐ部屋戻って具合悪くなる前に薬飲んどきなよ。俺のスーツケースの、蓋《ふた》の裏のポケットに入れてあるから」

「分かったよ」

頷いた省吾さんにほっとして、じゃあ、と踵《きびす》を返そうとしたときだった。

「――――なぁ、行哉。お前なんかまずいことになってないか？」

「え……」

心配そうな表情に、俺は慌《あわ》てて首を横に振《ふ》る。

「なってないって、大丈夫」

「けどここ……キスマークついてる」

ちょん、と首筋をつつかれて、俺は内心ものすごく動揺《どうよう》した。

そう言えば、初日につけられたものがまだ消えていなかったかもしれない。鏡で見ないと自分では見えない場所だから、すっかり失念していたけど……。

「これは、その、サラさんを騙《だま》すためにわざと目立つとこにつけたんだよ。さすがにちょっと参ったけど、それだけでほかには何もされてないしっ」

省吾さんに嘘《うそ》をつくのは良心が咎《とが》めるけど、まさか本当のことなんて言えるわけがない。

「本当か？」

「本当、本当」

「本当にっ、無茶《むちゃ》な要求されたりしてないんだな？」

「してないよ」

俺は大きく頷いてから、ため息をついた。ここで無理して笑顔《えがお》とか作っても、省吾さんにはすぐに見抜《みぬ》かれてしまうだろう。

だから逆に、ちょっと疲《つか》れたという、今朝の気分そのままの顔をする。

「確かに、緊張《きんちょう》するしサラさんに対する罪悪感もあるから少し疲れてる」

案の定、省吾さんの顔は心配げに曇《くも》る。

「けど、続けられないほどじゃないから」

これは、本心だったからするりと言葉になった。

あんなことまでされて、自分でもおかしいと思うけど……続けられないほど辛いとは思わない。

「資料も少しずつ読んでくれてるみたいだし、心配しないでよ」

「心配はする」

なのに、省吾さんは俺の言葉にはっきりとそう言い切った。

まさか嘘が見破られたのかとどきりとする。

「けど、まぁお前がそう言うんなら信じるさ」

省吾さんはそう言うと、俺の頭をポン、と叩《たた》いた。

どうやら、ばれたわけじゃなかったみたいだ。ただ単に、俺がどんな状況《じょうきょう》でも、気に掛《か》けてるってことなんだろう。

「頑張《がんば》れなくなったらすぐ言えよ」

「うん、すぐ言う」

嘘がばれなかった安堵《あんど》と、省吾さんの優《やさ》しさにほっとして笑みがこぼれる。

「じゃあな。ブレイスフォードさんによろしく」

それに頷き、手を振って省吾さんと別れると、ギルの待っているレストランへと向かった。

ボーイに案内されて、窓際《まどぎわ》の席に着く。

雨脚《あまあし》はいつの間にかずいぶん強くなっているみたいだった。

「待たせてすみません」

「カドクラと何を話していたんだ？」

間髪《かんはつ》入れずにそう訊《き》いてきたギルの顔が不機嫌そうで、食事の前に待たせちゃったのはやっぱり悪かったよなと反省する。

「酔《よ》い止めのことと――仕事の話に決まってるじゃないですか。ギルがさっさと資料読んでくれないから、報告できるようなことがなくて、大変だったんですからね」

本当に大変だったのはキスマークの言いわけだけど、俺はあえてそんな風に言って、さっさと資料を読めとせっついた。

けれど、それに対するギルの答えは、俺にとっては思いがけないもので。

「分かってると思うが、俺が資料を読み終わっても、船を下りるまで恋人《こいびと》の振りをすることは変わりないんだぞ。間違《まちが》えるなよ」

そう言われて、俺は思わず目を瞠《みは》ってしまう。

「ユキヤ？」

「分かってますよ」

返事はどうしたと言わんばかりの声に、俺はこくこくと頷《うなず》いた。それから、ごまかすようにメニューを手に取って視線を落とす。

——正直、分かってなかった。

というか、忘れていた。

考えてみれば最初に『下りるまでの一週間』って言われていたような気がする。

どうして忘れていたかと言えば——多分、ギルがちっとも資料を読まないせいだ。

だって、読んだところで状況が変わらないというんなら、さっさと読んでくれればいいんじゃないか?

それなのに、のらりくらりとかわすから、読み終わったらこの状況が終わるような気になってしまったんだと思う。

あ……。ってことは、昨日の賭《か》けでもし俺が勝って、その要求が資料読めとか、契約《けいやく》しろだったとしても、この関係の解消をする気はなかったということだろうか?

もちろん、俺の要求が恋人の振りをやめたい、というものだった場合は別だけど、あのときギルは賭けを提案する前に、俺に『資料を読ませたいんだよな?』と望みを確認《かくにん》してきた。

ギルの要求は謎《なぞ》だったけど、俺の要求が仕事関係のものになることはほとんど決まっていたわけで……。

そっか、なんだ……。

って、なんでほっとしなきゃならないんだ。

恋人の振りなんて関係は、船を下りるまでといわず、すぐにでも解消されたほうがいいに決まっているのに。

「ユキヤ、決まったか？」

「いえ、もう少し。ギルは何にするんですか？」

「俺は、Bランチだ」

「そっか、じゃあ……」

メニューを眺《なが》めつつ俺の頭の中には『船を下りるまで』という、ギルの言葉が浮《う》かんでいた。

そして、その期間が今日を除いて三日だということに気づいた途端《とたん》、ちくりと胸が痛む。

「ユキヤ？」

「あ、えと。じゃあ俺も同じのにします」

だけど痛みの理由を考える気には、どうしてもなれなかった……。


ギルに誘《さそ》われて、俺は雨上がりのデッキへと出た。

「滑《すべ》りやすくなっているから気をつけろ」

エスコートするように差し出された手を、摑《つか》もうかどうしようか悩《なや》んだけれど、ギルが摑むまで諦《あきら》めないというように手を差し出したまま動かないので、仕方なくその手を取る。

そして、ギルに手を引かれるまま船尾《せんび》へと向かった。

雨がやんだばかりのデッキは、まだ人気がない。

激しい雨を降らせた雲はすでに遠くなりつつあり、白いはずの船はどこもかしこもオレンジ色に染められていた。いや、船だけじゃなく、空も海もすべてその幻想《げんそう》的なオレンジの中に沈《しず》んでいる。

これが見せたかったのかな……。

確かに、ため息が出るような光景だった。船首のほうを振り返ると、太陽が海に溶《と》けていくように見える。

けれど、船尾に着くとギルは間に合ったな、とため息をこぼした。

「ギル？」

「ユキヤ、空を見てみろ」

そう言ってギルが指したのは俺が見ていたのとは逆の空だ。

不思議に思いつつも、俺は素直《すなお》に顔を上げて夕日が見えるのとは逆の空を見つめた。

「あ……！」

――――虹《にじ》だ。

しかも、ものすごく大きい。

「すげ……」

虹なんて見るの、久し振《ぶ》りだ。

子どもの頃《ころ》は、雨上がりを狙《ねら》っては虹を探した。見つけるといいことがあるって信じていた気もする。

――そう言えば。

子どもの頃船に乗ったときも雨が降って……けれど、濡《ぬ》れた甲板《かんぱん》は危ないからと外に出してもらえなかった。窓から見えたのはほんの一部だけで、悔《くや》しい思いをしたっけ……。

「雨が降ってくれてよかった。ずっと、お前に見せたかったんだ」

そう言ったギルは、切なくなるような笑顔《えがお》を浮かべていた。

この笑顔を、この船で最初に会ったときにも見たことを思い出す。

幸せすぎて切ないって、そう言っているみたいな笑顔。

どうしてギルは、こんな顔をするんだろう……？

大企業《だいきぎょう》のトップのくせに、俺に虹を見せたかったなんて、子どもみたいなことを真剣《しんけん》に言うギルに、俺は不思議な感慨《かんがい》を覚えた。

胸に何か温《あたた》かいものが満ちていく気がする。

「……ありがとう」

何も言葉が見つからなくて、ただそれだけを言った俺にギルが触《ふ》れるだけのキスをした。

「どういたしまして」

シチュエーションがものすごく恥《は》ずかしくて、俺はギルを軽く睨《にら》む。

けれど、いつものごとくギルはまったく気にする様子もなく、楽しそうに笑った。

俺はため息を一つこぼして、再び空を仰《あお》ぐ。

そうして少しずつ、薄《うす》くなっていく虹が完全に消える頃には、太陽はほとんど海に沈んでいた。

今日はメインダイニングに予約を入れてある、というギルの言葉を合図に、俺たちは船内へと戻《もど》る。

船の中にはたくさんのレストランやカフェ、バーがあるけれど、メインダイニングというのはやはり特別で、今回のようなショートクルーズの場合、前もって予約をしておかないと一度も入店できないこともあるほど人気が高い。

そして、それも当然かもと思うくらい、料理は美味《おい》しかった。

アワビやキャビアを使った魚介《ぎょかい》のジュレとか、赤座海老《あかざえび》のローストとか。この船でしか味わえないと思うと、これだけを目的に乗船する客がいてもおかしくないと思えるくらいだ。

そうして、最後のデザートを待っているとき。

突然《とつぜん》、近くにいたウエイターたちが俺たちの席の近くに集まってきて、俺は何が起こったのかと首を傾《かし》げた。

気づくとピアノの演奏も止まっている。

『本日、こちらのお客様がお誕生日をお迎《むか》えになりました』

え……。

思わぬ台詞《せりふ》に俺はぎょっとして目を瞠《みは》った。

誕生日？　って……俺の？

それからギルを見ると、なんだかとても楽しそうな顔になっている。

つまりこれはギルが仕込んだことなのか……。

呆然《ぼうぜん》としつつもそう思ったときには、テーブル横にホールケーキを乗せたワゴンが到着《とうちゃく》し、ウエイターたちによってハッピーバースデイの歌が歌われていた。

そして、それが終わったと同時にスタッフだけでなく居合わせた船客たちからも、拍手《はくしゅ》が送られる。

「ほら、ユキヤ」

「え、え？」

「ろうそくを吹《ふ》き消すんだ。願いごとを忘れるなよ」

忘れるなって言われても、そんなにすぐに思いつかないって！　と思いつつ、俺はろうそくの火を吹き消した。

そしたらまた、おめでとうおめでとうと声が上がる。

恥ずかしさに顔から火を噴《ふ》きそうになりつつ、俺はぺこぺこと頭を下げた。

そのあと、切り分けられたケーキがサーブされて、ウエイターが下がる。それで俺はようやくほっと胸を撫《な》で下ろした。

「――おめでとう。ユキヤ」

にっこり笑ってそんなことを言うギルを軽く睨みつける。

「ありがとう……ございます」

嬉《うれ》しくないわけじゃないけど、恥ずかしさのほうが上回っていた。

それにしても。

「なんで、知ってるんですか？　俺の誕生日なんて」

俺自身でさえ忘れてたっていうのに。

「恋人《こいびと》の誕生日なんだ。覚えていて当然だろう？」

「そ――れは、そうかもしれないですけど」

思わず否定しそうになって、慌《あわ》てて言い直す。どこに耳目《じもく》があるか分からないしな。

でも、実際には全然納得《なっとく》していない。

俺が自分で言うわけはないし、ひょっとしたら俺を調べたときに、一緒《いっしょ》に情報に入っていたのかな？

どっちにしろ、『恋人の振《ふ》り』にこんな偶然《ぐうぜん》まで組み込んでるなんて、本当にびっくりする。

「会えなかった十六年分もまとめて祝いたいくらいだ」

「は……？」

十六？……って、いくら久し振りに会った恋人って設定にしても、長すぎると思うんだけど……。

けれど、言い間違《まちが》い、もしくは聞き間違いかと訊《き》くより先に、ギルがテーブルの上に出した小箱に俺は絶句した。

箱、というか、ケースと言ったほうが正確かもしれない。濃《こ》い茶色とワインレッドの中間くらいの色をしたベルベット張りのそれは、一辺が五センチ程度の大きさだ。

――この大きさって。

まさかと思った俺に向けて、ギルがそっとケースを開けた。

「受け取って欲しい」

「っ…………」

俺はあまりにベタな展開に、その場でテーブルに突《つ》っ伏《ぷ》しそうになるのを必死で堪《こら》える。

ケースの中身は、案の定指輪だった。

ほんの少しひねったようなカーブを描《えが》くシンプルなデザイン。埋《う》め込まれたダイヤモンドが光を弾《はじ》いてきらきらと光っている。

こんな芝居《しばい》の小道具にはもったいない――というか、こんな物を小道具に使うなと言いたい……。

けれど、これも恋人の振りをしている以上、受け取らないわけにはいかないんだろうな。

「ユキヤ、左手を」

言われて仕方なく、俺はテーブルの上に左手を出す。

ギルはその手をそっと握《にぎ》るようにして引き寄せると、ケースから取り出した指輪を迷うことなく薬指に嵌《は》めた。

「よく似合う」

「……ありがとうございます」

満足げに頷《うなず》くギルに、仕方なくお礼を言う。

本当はものすごく嬉しいという顔をしなければならないところだろうけど、俺は恥ずかしさに火照《ほて》る頬《ほお》を隠《かく》すように、ひたすらうつむいていた。

「愛している。これからもずっと側にいてくれ」

指輪を嵌められた手をぎゅっとギルが握る。

芝居がかった台詞だと思う。けれど、ギルが口にすると、まったくと言っていいほど違和感《いわかん》がないのが困る。

まぁ、それも相手が男じゃなければの話だけど。

そんな風に思って、ちらりとギルに視線を向けた俺は、その真剣《しんけん》な表情に息を飲んだ。

「返事を聞かせてくれ、ユキヤ」

　その表情のままで名前を呼ばれて、どきりとする。

　企業家《きぎょうか》じゃなくて、俳優でも食ってけるに違《ちが》いない。そんなことを考えたのは、そうでもしないと心臓がおかしくなりそうだったからだ。

　これ以上速くなったら、壊《こわ》れるんじゃないかと思うくらい鼓動《こどう》が速い。

「ユキヤ」

「……………はい」

　促《うなが》すように再び名前を呼ばれて、俺は小さく頷いた。

　途端《とたん》、ギルが握っていた俺の手を更《さら》に引き寄せて、指先にキスを落とす。

「……………ずっとこうして、お前にプロポーズをするのが夢だった」

　その上、そんなことを言われて、恥ずかしさで死にそうになった。唇《くちびる》の触れた指が、熱を持ったようにじんと痺《しび》れている気がする。

　俺はもう呪文《じゅもん》のように『これは芝居なんだ』と心の中で繰《く》り返した。

　そのたびに、どこかがちくりと痛むような気がしたけれど……。

◆

デッキに出ると、イギリス領だった頃《ころ》の名残《なごり》だろうパステルカラーの建物と、白い砂浜《すなはま》を擁《よう》するビーチが見えた。

……こんなことなら、船を下りればよかったかな。

今日は寄港地に停泊《ていはく》しているので、下りようと思えば下りて観光をすることができる。けれど、昨夜プロポーズされたあとまたギルに抱《だ》かれたせいで体がだるく、そんな気分になれなかったので、結局いつも通り船内でのんびりしようと思っていたのだ。

でも、昼食を食べ終わったあと船内新聞を見ながら午後の予定を立てているところに、電話がかかってきた。

相手はギルの父親で……。どうやら込み入った話のようだったので、ギルに断って部屋を出てきてしまった。

なんとなく、胸がくしゃくしゃするのはどうしてだろう?

俺はまたぼんやりと島へ視線を移した。

ここは船の上で、地上からは離《はな》れている。

こうして停泊していても、船自体が大きいから地上はひどく遠く感じる。

――――だから、だろうか。

たった一本の電話で、日常が戻《もど》ってきてしまった気がした。

船の上だといっても、地上からも日常からも切り離されたわけではないと気づかされた。

ここには仕事にきたっていうのに、日常から離れた気分になってどうするんだと、自分に呆《あき》れる。

「ほんと、バカじゃないのか……？」

自嘲《じちょう》して、気晴らしに昼間っからシャンパン・バーにでも行ってやろうかな。

シャンパン・バーは名前通りシャンパンのみを扱《あつか》っているバーで、モエ・エ・シャンドンやヴーヴ・クリコ、クリュッグ、ペリエ・ジュエなどのシャンパンを多種用意してあるのだとついさっき船内新聞で読んだ。

たまにはそういうのもありかもしれないと思ったときだった。

『ユキヤナルセ？』

背後からかけられた声に、俺はびくりとして振り返る。そこに立っていたのは、サラさんだった。

『話があるの。ちょっといいかしら？』

上品な言葉と声。けれど、その表情は「いいかしら？」っていうか、むしろ「ちょっと顔貸せよ、コラ」って感じだ。

その視線がちらりと、俺のしている指輪に注がれた気がしてどきりとする。

『……なんですか？』

内心おびえつつもなんとか訊き返すと、ここでは人目があるからと、人の少ないデッキまで移動させられた。

連れて行かれたのはショップの集まっている辺りのデッキだ。停泊中でショップが閉まっていることもあって、がらんとしている。

まさかいきなり殺されたりはしないだろうけど……。

『単刀直入に言うわ。あなた、ギルの恋人《こいびと》だなんて嘘《うそ》なんでしょ？』

『え……』

自信ありげな笑《え》みと断定口調に、俺はとっさに否定することもできずに絶句した。

『ここ数日、あなたのことは調べさせてもらったわ。ちょっと手間はかかったけど、あなたが本来は別の相手と一緒に乗ったってことも、その相手——カドクラっていったかしら？　彼の秘書で、ギルとは商談のために会ったってことも、もう分かってるのよ』

そこまで言うと、サラさんはにっこりと微笑《ほほえ》む。

『何か間違ってる？』

『…………』

まさか、そんなことまでばれてるなんて……。

そう思ったけれど、頷くことはできず、かといって否定することもできず、俺はただ黙《だま》って突《つ》っ立っていることしかできなかった。

そんな俺に焦《じ》れたのか、サラさんは少しだけそのきれいに整えた眉《まゆ》を寄せる。

『もうここまでばれているんだから、さっさと諦《あきら》めて認めたらどうなの？』

確かにサラさんの言う通りだと思う。

そこまで分かっているなら、ここで俺が否定してももう何もかも無駄《むだ》なのかもしれない。

けど……。

『ギルの恋人なんて嘘。そうなんでしょ？　答えなさいよ』

何も言えずうつむく俺に、サラさんは苛《いら》ついたように俺に一歩詰《つ》め寄った。

『それともまさか、本当にギルのことが好きだなんて言い出すんじゃないでしょうね？』

その言葉に、俺は胸を突かれたような気がしてはっと顔を上げる。

サラさんと目が合った。彼女は、俺の顔を見て驚《おどろ》いたように瞬《しばたた》くと、呆れたように笑う。

『何その顔。本気なの？　あなたギルになんて言われたか知らないけど、あの人には私のほかにも何人も結婚《けっこん》相手の候補者がいるのよ？　もちろん家柄《いえがら》も、容姿も釣《つ》り合う女ばかり。男のあなたじゃ、勝負にもならないわ』

侮蔑《ぶべつ》交じりの笑い声を立てるサラさんに、それでも何も言い返すことなんてできずに、俺はただぎゅっと手のひらを握《にぎ》り締《し》めた。

そんなこと、言われなくても分かっている。

候補者が何人もいるっていうのは初耳だったけど、俺とギルが釣り合うわけがないなんてこと最初から分かっていた。

どんなにいい服を着ても、人前でダンスを踊《おど》ることもできない。

それにもともと、これは単なる『振《ふ》り』なのだ。釣り合う、釣り合わない以前の問題じゃないか。

『もちろん、その候補者の中で一番彼にふさわしいのは私。だから、ギルのお父様の許可を得て、この船に乗ったのよ。それなのに……』

ギルの父、という言葉に、ならば今のこの事態は偶然《ぐうぜん》じゃなかったのかもしれないと思う。

あの電話がギルを拘束《こうそく》していることを知っていて、サラさんは俺に近づいてきたのかもしれない。

サラさんは、何も口にしないままの俺をぎっと睨《にら》みつけた。

『とにかく、分かったらさっさとギルから離れて——いいえ、この船を下りなさい。日本までの移動手段なら私がいくらでも用意してあげる。だから、さっさとその指輪を置いて下船なさいっ』

サラさんの台詞《せりふ》に、俺ははっと自分の左手を見つめる。

そこには、嵌《は》まったままの指輪がある。

昨夜ギルにもらった指輪。見つめると同時に、言われた言葉まで耳によみがえる気がした。

――愛している。これからもずっと側にいてくれ。

胸が、痛い。

俺は刺《さ》すように痛む胸と、指輪の嵌まった左手を守るように胸の前に抱《かか》えた。

渡《わた》したくない。

この船を下りるまでずっと、この指輪もギルの言葉も自分のものにしておきたい。

それがどんな気持ちからくるものか、考えなくてももう分かってしまった。

俺は思わずそのままさっと踵《きびす》を返すと、後ろも見ずに走り出した。

『あっ、ま、待ちなさい！』

サラさんの言葉にも振り返らずに、一旦《いったん》船内を通って別のデッキへと出る。

そして、そのままサラさんに見つからないように逃《に》げ続けた。

多分、あんな華奢《きゃしゃ》なヒールじゃ走ったりはできないと思うけど、とにかく不安で足を止めることはできなくて……。

気がつくと俺は、昨日ギルと虹《にじ》を見た船尾《せんび》まできてしまっていた。

船尾からは海しか見えないせいか人気はなく、俺はやっとそこで足を止め、ずるずると壁《かべ》に背をつけてしゃがみこむ。

――どうしよう。

サラさんにばれてしまった。

自分の気持ちに気づいたことはショックだったけれど、今考えなければならないのはサラさんとのことだろう。

ギルに言うべきだと……思う。

けれど、言ったらどうなるんだろう？

「そんなの……考えるまでもないか」

思わずそうつぶやいて、苦笑《くしょう》した。

決まっている。この関係は解消になるだろう。サラさんが気づいているなら、恋人の振りをすることにはなんの意味もない。

その場合商談のほうはどうなるんだろうと、ぼんやり思う。

ばれてしまったのは自分のせいではないと思う。ギルはきっと理不尽《りふじん》なことは言わないだろうけど……。

俺はのろのろと立ち上がった。

必死で走ったせいかまだ足が少しがくがくと震《ふる》えている。そんなに逃げたかったのかと、自分の必死さが滑稽《こっけい》で、少し笑った。

省吾《しょうご》さんに相談しよう。

自分ではとてもじゃないけど、判断できそうもない。私情が、混ざりすぎてしまうから。

俺は、そのまま省吾さんの部屋へと向かった。

ひょっとして島に下りてしまったかなと思ったのは、ドアの前についてからだ。それでもとりあえずノックすると、中からすぐに返事があった。

それから少し間が合って、ドアが開く。

「どうした？」

「ちょっと……トラブルがあってさ」

まぁ入れよ、という言葉にしたがって室内へと足を踏《ふ》み入れて……俺はがっくりと肩《かた》を落とした。

「少しは片付けなよ……」

テーブルにはなぜか俺のスーツケースが口を開け、ソファと俺が使う予定だったベッドには衣類が散乱している。

「気にすんなって」

「気にするよ。っていうか、なんで俺のスーツケース……」

「ん？　ほら、酔《よ》い止め飲んどけって言ってたから探したんだけど、なかなか見つかんなくてさー」

蓋《ふた》の裏のポケットに入っていたと笑われて、それはそのまま昨日俺が言っただろう！　と思う。

「で、どうしたんだ？」

訊《き》かれて、俺は我に返った。

そうだ、俺相談にきたのに……。

散らばった衣類を拾い集めていた手を、はっと止める。

けれど、さっきまでの絶望的な気持ちは、省吾さんのせいで大分和《やわ》らいでいた。

「……実はさ」

やはり省吾さんにはかなわないなと思いつつ、俺は俺が単なる恋人役《こいびと》であることがサラさんにばれたのだと口にする。

「俺と省吾さんが仕事でこの船に来たこととかも、全部知っててさ。つい逃げてきちゃったけど……どうしたらいいと思う？」

「そりゃ、とりあえずブレイスフォードさんに言うしかねーだろ」

当然、という調子で言われて、俺も自然と頷《うなず》いていた。

「お前がばらしたわけじゃねーんだし、気にすんなって」

「ん」

「ま、大体こんな条件で資料見てもらおうってのが、おかしな話だったんだしな」

「……うん」

何も気にすることじゃないと、からっと笑ってくれる省吾さんに心から感謝する。

けれど。

「言いにくいなら、俺から言ってやろうか？」

という言葉には迷った末、首を振った。

「いいよ、自分で言う」

その提案に心が揺《ゆ》れないわけじゃない。言いにくいことは確かだし、どう切り出していいかうまく考えもまとまらない。

けれど、子どもじゃないんだから、自分でちゃんと言うべきだろう。

自分でちゃんと……。

「ありがと、省吾さん」

「別に礼を言われるようなことじゃねーだろ。あ、じゃあ行哉ここに戻《もど》ってくんの？」

その言葉にどきりとする。

そうだよな。恋人の振りをしなくていいってことになったら、当然あの部屋にいる理由もなくなる。

「多分……」

「そっか。そうだよな。じゃ、鍵《かぎ》一応持っとけよ。二枚あるし」

省吾さんはそう言うと、ナイトテーブルの上のカードキーを一枚取って渡してくれる。

「じゃ、いってくる」

「いってこい」

そうして、小さく手を振《ふ》って、俺は省吾さんの部屋をあとにした。

カードキーを財布《さいふ》にしまいつつ、ゆっくりとギルの部屋へ向かう。

もう、電話はすんだだろうか？

俺を……待ってくれているだろうか。

省吾さんと別れた途端《とたん》、さっき和らいだと思った絶望が、あっと言う間に胸に満ちていく。

なんで気づいてしまったんだろうと思う。

気づかなければ、仕事の失敗というだけですんだ。

それだってもちろん問題だけれど、省吾さんは許してくれたし、省吾さんの言う通り、ばれたのは俺のせいじゃないはずだと開き直ることもできただろう。

けれど、今自分の胸が痛いのは、正確にはばれたせいじゃなかった。

ばれたことによって、この関係が終わることが問題なのだ。

もう、ギルの側にいられないことが——ギルの側で恋人として扱《あつか》ってもらえないことが。

たとえ偽者《にせもの》の、単なる『役』としての恋人でも、ギルは優《やさ》しかったと思う。

いきなり抱《だ》いたのは今でもちょっとひどいと思うけど、ワルツを踊《おど》り、マジックショーへ連れ出し、チョコを食べ、カジノで遊び……虹《にじ》を見せてくれた。自分でも忘れていたような誕生日を祝って、プロポーズなんてバカみたいに真剣《しんけん》な顔で……して。

思い出せば出すほど、胸の痛みはひどくなる気がした。

なぜだろう？　ギルのくれたものは全部、子どもの頃《ころ》の記憶《きおく》と同じ、砂糖菓子《がし》みたいに思えた。

決して手の届かなかったはずのものを差し出されて、自分のものじゃないと分かっていたのに受け取った。

いつかは――いや、たった一週間で返さなければいけないと分かっていたのに。

なんで好きになってしまったんだろう？

自分はバカなんじゃないかと、本気で思う。

全部嘘《うそ》だって、分かっていたのに嵌《は》まってしまった。

「ユキヤ」

名前を呼ばれて、びくりと体が震える。

慌《あわ》てて顔を上げると、部屋の前にギルが立っていた。いつの間にか部屋の近くまでたどり着いていたらしい。

「ギル……」

「なかなか戻ってこないから心配したぞ」

ギルはそう言うと、足を止めたままの俺にゆっくりと近づいてきた。

言わなければ、と思う。

さっきそこでサラさんに会ったんです。俺のこと調べたって言っていて、社長のことも知っていました。もう全部ばれてしまったんです。

心の中でそう、言わなければならない台詞《せりふ》を呟《つぶや》いて、繰《く》り返せばいいだけだと自分に言い聞かせる。

「ギル、俺――――」

「どうした？　顔色が悪いな」

話そうとした俺の頰《ほお》にギルの手がそっと触《ふ》れた。それだけで胸が高鳴ってしまう。口にしてしまえばこのぬくもりも視線も声も、すべてを失うことになる。

そう思うと一度は開いた唇《くちびる》が震《ふる》えた。

「ユキヤ？」

ギルは頰に触れていた手を肩に回すと、少し心配そうな表情になる。

「とりあえず、部屋に入ろう」

そう言われて、部屋の前で話しこんでしまっていたことにようやく気づき、俺は何も言葉にできないまま頷いた。ギルに肩を押されるようにして、二人で中へ入る。

言わなくてはと、もう一度自分に言い聞かせる。

「具合が悪いんだろう。顔が真っ青だ」

けれど、俺が何を言うより先にギルはそう言って眉《まゆ》を顰《ひそ》めると、有無《うむ》を言わさずスーツのジャケットを脱《ぬ》がせ、さっさとクローゼットにしまってくれた。

「待って、ギル——俺……」

「いいから、ベッドへいけ」

サラさんに会ったことも、具合なんて悪くないことも告げられないまま、半ば強引《ごういん》にベッドルームへ連れて行かれる。

ベッドに腰《こし》掛けるように言われてそうすると、ギルの指が俺の首からネクタイを解いた。

「あ、あの、ギル？」

「じっとしていろ」

そのまま、ベルトも抜《ぬ》かれ、靴《くつ》と靴下を脱がされる。

「そ、そんなこと、しなくても、自分でやりますから……」

「いいから、黙《だま》っていろ」

ギルはいたわるようにそう言うと、結局俺の服を全部脱がして、更《さら》にパジャマを着せてくれた。本当は具合なんて悪くないのにと思うと、申し訳なくていたたまれない。

「ほら、さっさと寝《ね》ろ」

「……はい」

俺は頷《うなず》いて、ベッドに横になると、俺の服を持って出て行くギルを見送ってから、そっと目を閉じた。

ギルに――いや、両親が亡《な》くなって以来、人にこんな風に面倒《めんどう》をみてもらったのは初めてだと思う。省吾さんは心配してくれるけど、大騒《おおさわ》ぎしてかえって面倒を増やすタイプだし。こんな状況《じょうきょう》で優しくされて、ますますどうしていいか分からなくなってしまう。

ふと、気配を感じて目を開けると、ギルが枕元《まくらもと》のソファに腰掛けるところだった。

こんなこと、前にもあったな……。

そう考えて、それからまだ三日しか経《た》っていないことに驚《おどろ》く。

あのときは、ただむかついただけだったのに。

「どうした？」

ぼんやりと見つめていた俺に、ギルがそう問いかけた。

今度こそ、ばれてしまったことを言わなくては、と強く思う。

「――資料、読んでくれました？」

けれど、俺の口から出たのはそんな言葉だった。

「またその話か」

ギルは、そう言って苦笑《くしょう》したけれど、じっと見つめたままの俺に気づいたのか、諦《あきら》めたように小さく頷く。

「悪くなかった」

「本当ですか？」

「ああ。まぁ、もちろん帰ってから会議にかけることにはなるだろうが、俺は悪くないと思った」

その答えにほっとして、俺は一つ肩《かた》の荷が下りたような気がした。けれど、そうなると逆にばれてしまったということが更なる重さとなってのしかかってくる。

「昨日も言ったが、読んだらお役御免《ごめん》というわけじゃないんだからな」

お役御免って……。相変わらず顔に似合わない言葉に、俺は笑おうとして顔が引きつるのを感じた。

今、言うべきだと思う。

ギルは約束どおり資料を読んでくれたのに、卑怯《ひきょう》だと頭では分かっている。

「どっちにしろ、あと二日じゃないですか」

なのに、口から出たのはこんな言葉だった。

そして、その言葉はそのまま自分の中にも入り込んでくる。

そうだ……もし、ここで言わなかったとしても、明後日には船から下りる。そしたら、当然ギルとの関係も終わってしまう。

たった二日……。それなら、黙っていてもいいんじゃないか……？

「っ……」

自分の考えに俺は怖《こわ》くなってぎゅっとシーツを握《にぎ》り締《し》めた。

そんなのだめに決まっている。いいわけがない。

けれど二日間なら、話の運び方によってはサラさんも黙っていてくれるかもしれない。

交渉《こうしょう》する価値はあるんじゃないか……？

――それは恐《おそ》ろしいくらい甘美《かんび》な考えだった。

だめだと思う端《はし》から、でも、と心が反駁《はんばく》する。

「ああ、それか。……実は、休暇《きゅうか》を延ばせないかと考えていたんだ。ちょうど二日後にエバーグレーズを出港する船があるから、それに乗り換《か》えられないかと思ってな」

さらりとそんなことを言われて、俺は思わずがばっと起き上がった。

「何……言ってるんですかっ」

乗り換えるって、そんな。

「そんなにまずいか？」

「まずいって言うか、だって……」

もしそれが、サラさんを遠ざけるためだったら、とっくに意味のないことになっている。

「俺にも仕事が――って、いやこれも仕事ですけど、でも、一週間って約束だったじゃないですか」

自分でも何を言ってるか分かんなくなりそうだったけど、なんとかそう言い切った。

ギルがちらりと残念そうな顔をした気がしたけれど、それはすぐに苦笑へと変わる。

「まぁ、実際、さっきの電話でそれは難しくなったんだがな」

「そう、ですか」

ほっとするよりもむしろ、苦しいような気持ちになって、俺はギルから目を逸《そ》らすと再びベッドに寝転《ねころ》がった。

一週間という約束だと、その言葉を口にした気持ちの根底には、二日ならごまかせるかもしれないという思いが確かにあったから。

俺は自分のあまりの醜《みにく》さに、泣きそうになって、顔を隠《かく》すようにアッパーシーツを引き上げた。

けれど、どんなに醜いと思っても、一度取り付いた考えからは逃《のが》れられない。

「――だるいから、少し寝ます」

「ああ。好きなだけ休め」

ギルがそう言って頭を軽く撫《な》でる。

「あ、そう言えば」

俺はギルを見ることができないまま、ふと思いついたというように聞いた。

「サラさんて、どこの部屋なんですか？」

「どうしてそんなことを訊《き》くんだ？」

「さっき部屋を出たときに、もうちょっとで鉢合《はちあ》わせするところだったんです。部屋が分かってれば避《さ》けやすいから……」

嘘《うそ》をつくのは心苦しかったけれど、これはどうしても必要なことだ。

それに、これからつく嘘に比べたら、この程度の嘘で心苦しいなんて思うこと自体偽善《ぎぜん》的だと思う。

ギルはそれ以上何も訊くことなく、サラさんの部屋を教えてくれる。

――もう、心は決まっていた。


外に出て、ギルと一緒《いっしょ》にいるときにサラさんに会ってしまったらと思うと怖くて、俺はルームサービスにしようというギルの言葉に甘え、夕食を部屋でとった。

そして、ギルがシャワーを使っている間に、そっと部屋を抜け出し、サラさんの部屋のあるデッキのフロントで、彼女への取り次ぎを頼《たの》んだ。

サラさんの部屋も、デッキこそ違《ちが》うけれどジュニアスイートで、部屋の鍵《かぎ》を持っていない俺は許可を取らないと、フロントより先に立ち入ることはできない。

内線で連絡《れんらく》を取ってもらったところ、すぐに了承《りょうしょう》がとれたらしく、俺はコンシェルジュのあとに続いて、サラさんの部屋へと向かった。

サラさんは、俺が自ら尋《たず》ねてきたことで機嫌《きげん》をよくしたのか、そのまますんなりと部屋へ入れてくれる。

『やっと認める気になった？』

ソファにかけた途端《とたん》そう訊かれて、俺ははっきりと頷いた。

俺があっさり認めたことが意外だったのか、サラさんは少し驚いたような顔になる。

『昼間は失礼しました。あなたがおっしゃった通りです。俺はギル――ブレイスフォードさんに頼まれて、恋人《こいびと》の振《ふ》りをしていました。けれど』

『けれど？』

俺は自分を落ち着かせようと、大きく息を吸い込んだ。

自分がどれだけ卑怯なことを言おうとしているかは分かっている。

ギルを裏切ろうとしているのだということも。

でも、それでも、このたった二日間だけでいいから、側にいたい。

『このことは今回の商談と密接に関係しています。明後日まではどうしても、このことをブレイスフォードさんに知られるわけにはいかないんです』

『つまり――私に黙《だま》っていて欲しいってことかしら？』

勝ち誇《ほこ》ったようなサラさんの言葉に、俺は頷《うなず》いた。

『そうね、こうして素直《すなお》に認めてくれたことだし、黙っていてあげてもいいわ。でも、条件があるの』

『条件……ですか？』

『ええ。その指輪を私にくれたら、黙っていてあげる』

思ってもみない要求、というわけでは決してない。

サラさんは昼間にもこの指輪をよこせと言っていたし、もしかしたらこう言われるかもしれないと予想してさえいた。

それでも、俺はためらってしまう。

『ですがこれは、返却《へんきゃく》しなければならないものなので……』

小道具なのだから、役目が終わったらギルに返さなければならないはずだ。

『あの人は一度人にあげたものを返せなんて、絶対に言わないわ』

『でも』

『渡《わた》せないと言うなら、この交渉は決裂《けつれつ》ね』

きっぱりと言い切るサラさんの言葉に、俺は自分の指に嵌《は》められたままの指輪をじっと見つめる。

なんの意味もない単なる小道具でも、この指輪が俺以外の人間の指に嵌《は》まるなんて、考えただけでもいやだった。

指輪を嵌めてくれたときのギルの言葉を、思い出して泣きそうになる。

それでも、残りの二日間という時間には代えられない気がして、結局頷いた。

『なら、渡してちょうだい』

けれどぱっと顔を輝《かがや》かせたサラさんに、俺は首を振る。

『今は無理です。俺がこの指輪を外したらギルはすぐに気づくでしょう。渡すのは、下船してギルと別れてからじゃなければ無理です』

サラさんは、俺の言葉に渋《しぶ》い顔をしたけれど、結局その通りだと思ったのか最後には折れてくれた。

そして、下船後、必ず港でギルを足止めするから、港のタクシー乗り場で渡すようにと指示を受ける。

『それでは、俺は部屋に戻《もど》ります。あ——その前に、電話をお借りしてよろしいですか？』

『かまわないわ』

俺はサラさんにぺこりと頭を下げて、電話機に近づき受話器を上げる。

「はい？」

「あ、省吾さん？　俺、行哉だけど」

かけたのは、省吾さんの部屋の内線だった。

そして、ギルに話したけれど、このまま部屋にいていいと言われたので、残ることにしたと告げる。

「怒《おこ》られなかったか？」

「うん、大丈夫《だいじょうぶ》。資料も読んでくれたみたいだし」

俺の言葉に省吾さんは、そうかと相槌《あいづち》を打って安心したと言った。

あまりにも申し訳なくて、言葉に詰《つ》まりそうになる。

「ごめん、省吾さん……」

「ん？　なんで」

「――心配させて」

嘘ついてごめんとは言えずそうごまかして、俺は受話器を置いた。

サラさんにお礼を言って、急いで部屋へと戻る。

けど、ギルはすでにバスルームから出てきてしまっていた。

「どこへいっていたんだ？」

「すみません。社長に資料読んでもらえたことを報告に行ってたんです。人がいないかは十分確認《かくにん》したので大丈夫だと思いますけど……」

用意していた言いわけを口にすると、ギルは不機嫌そうに眉《まゆ》を顰《ひそ》めて、何かを確認するように俺を抱《だ》き寄せる。

「電話で済ませられなかったのか？」

「……思いつきませんでした。その、あまりにも嬉《うれ》しくて、ちょっと浮《う》かれてたみたいです」

嘘ばかりを重ねていく自分に吐《は》き気がした。
最低のことをしていると、思う。
――……どうして好きな人にとって一番いいようにしようって、思えないんだろう。
好きなのに、裏切ってしまうなんて、これは本当に恋《こい》なんだろうか？
側にいたい。
一日でも長く。
それしか考えられずに、俺はギルの腕《うで》の中で、黙って目を閉じた……。

◆

終日クルージングは今日で最後。

あとは明日、船を下りるときまでしか一緒にいられない。

そんなことは分かっていて、そのたった一日半のためだけにギルに嘘をつき、省吾さんへ迷《めい》惑《わく》をかけていると分かっているのに、俺は沈《しず》みがちになる気分をどうすることもできなかった。

どうしても考えてしまう。

本当にこれでいいのかって。

今からでも、ギルに本当のことを――もう、何もかもサラさんにばれてしまっていることを告げるべきなんじゃないかって。

そして、なぜかギルもまた、時折何かを考え込んでいるみたいだった。

ひょっとして何か気づいているのだろうかとも思ったけれど、そういう風でもない。

でも、俺にとってはそんな時間もかえって都合がよかった。ギルに気づかれずに、ギルの横顔を見ていることができるから。

今後俺がギルに会う機会はほとんどない。

もしも、この契約《けいやく》がうまくいったとしても、社長であるギルと顔を合わせて仕事をするわけじゃないし、仕事以外の場で会う確率はゼロに近い。

そう考えると、もっとちゃんとギルの顔を見ておきたかった。

全部、覚えておきたい。

そんなことを考えている間に、時間は飛ぶように過ぎていった。

今までのゆったりとした時間の流れが、嘘《うそ》みたいだと思う。

そして夜。

最後の夜のためのフェアウェルパーティに出ることにした俺とギルは、最初の夜と同じようにタキシードに着替《きが》えて会場へと向かった。

会場の中は、一週間前とまるで同じように見える。煌《きら》びやかなシャンデリアも、盛装しさんざめく船客も、何もかも。

船長の挨拶《あいさつ》を聞き、周囲と同じように乾杯《かんぱい》の合図でグラスを持ち上げながら、これが初めの日ならよかったのに、と思う。

これから一週間が始まるんだったら……。

そんなありえない想像をした自分がおかしくて、俺はつい笑ってしまった。

「ユキヤ?」

ギルに不思議そうに顔を覗《のぞ》き込まれて、俺はなんでもないというように首を横に振《ふ》る。

「……昔のことを思い出していたんです」

思っていたことをそのまま口にすることはできないから、何か違《ちが》う話題をと思って俺はそんな風に言った。

「昔？」

「ええ。俺、昔こういう船に乗ったことがあるんです。両親と一緒《いっしょ》に」

ギルが驚《おどろ》いたように目を瞠《みは》る。

「そんなに驚くなんてちょっと失礼じゃないですか？」

「あぁ……いや、すまん。それで？」

俺が、冗談《じょうだん》で軽く睨《にら》むと、ギルは苦笑《くしょう》して先を促《うなが》した。

「そのときはまだ子どもだったから、パーティには出られなかったなぁって思って。それだけなんですけど」

「悔《くや》しかったか？」

思わぬ問いに俺は瞬《しばたた》いて、ゆっくりと首を横に振る。

「同じ年くらいの子が乗ってて、その子と友達になったので、ちっとも悔しくありませんでした。こっそり覗きにきて、少しだけ聞こえる音楽に合わせて二人で踊《おど》ったりして……。あと、カジノも入れなかったから、部屋でカードゲームをしたりもしました。――とても楽しかった」

俺の思い出話なんて、楽しいとも思えないんだけど、ギルはそう言うととても嬉しそうに笑った。

「……そうか」

その笑顔《えがお》に少し胸が痛くなる。

けれど、さっき一度笑ったせいか、少しだけ気持ちが解《ほど》けて、普通《ふつう》に笑顔を浮かべることができた。

「なら、今日もこっそり一緒に踊ってくれないか？」

そう言って、手を差し伸《の》べてくるギルを俺は黙《だま》って見上げる。

これが一日目だったら、とまた思った。

あのとき俺はギルの誘《さそ》いに、男同士なんてマナー違反《いはん》だと怒ったけれど……。

「――よろこんで」

俺は微笑《ほほえ》んでそう頷《うなず》いた。

もし同じ日がもう一度あるのなら、今度は笑顔《えがお》で受けたいとそう思ったから。

俺はギルに手をとられたまま、そっと掃《は》きだし窓を開けバルコニーへ出る。空には上弦《じょうげん》の月が浮かんでいて、星と一緒に波頭を明るく照らしていた。

聞こえてくる音楽に合わせて踊る。

けれど、一曲なんてこんなときにはあっと言う間で……。

「あの……俺に女性のパートを教えてもらえませんか？」

一曲踊ってから、俺はギルにそう訊《き》いていた。

もう一曲踊って欲しいとは言えなくて、でも、まだ離《はな》れがたかったから。

「かまわないが……それはカドクラのためか？」

「え？」

「いや、なんでもない。——それなら、手は逆だな」

省吾さんの名前が出たことに驚いた俺に、ギルは苦笑《くしょう》して俺の手を肩《かた》の高さに持ち上げた。

「男性パートが踊れるんだ、それほど難しくはない。足を出すところで逆に引く——そう」

ギルにリードされて、俺はもう一度今度は女性のパートで踊る。

何度か間違《まちが》えて足を踏《ふ》んでしまったけれど、ギルは少しも怒《おこ》らなかった。

「——すみません」

「いや、気にするな」

「けど……多分足跡《あしあと》ついちゃってますよ」

あの見るからに、足型とって作りましたって感じの高そうな革靴《かわぐつ》に。

「ユキヤの足跡なら、いっそこのままずっととっておきたいくらいだ」

そんな風に言われて、俺はつい笑ってしまった。

そのまま続けて三曲踊るとさすがに疲《つか》れてきて、俺たちは室内に戻《もど》ると近くにいたウエイターからグラスを受け取る。

クープグラスに入ったシャンパンを、喉《のど》の渇《かわ》いていた俺はくいっと空《あ》けてしまった。

そして、ふと昨日シャンパン・バーに行こうと思ったことを思い出して、俺はギルを見上げる。

「あの、ギル」

「なんだ?」

「これから、シャンパン・バーに行きませんか?」

できることなら少し、酔《よ》いたいと思ったから。

このまま少しずつ少なくなっていく時間が怖《こわ》かった。もしもそのことで泣いてしまっても、アルコールが入っていれば、酔っているせいだとごまかせる気がして。

「シャンパン・バー、か」

「だめですか? まだ一度も行ってないし……」

乗り気でなさそうな様子に、何か行きたくない理由でもあるのだろうかと考える。

「あ、ひょっとしてシャンパン嫌《きら》いですか?」

乾杯のときは口をつけていた気がするけれど……。

「いや、大丈夫《だいじょうぶ》だ。行こう」

大丈夫、という答えがすでに、大丈夫じゃなさそうな感じだけど、そう言ってギルは俺の持っていたグラスをさっとウエイターに渡《わた》すと、空いた手で俺の手首を掴《つか》み、出口に向かって歩き出した。

「あの、別にどうしても行きたいっていうわけじゃないですから」

「いや、行く」

きっぱり言い切って、ギルは俺の手を引いたまま、なんのためらいもない歩調で歩いて行く。

「ユキヤがどこかへ行きたいなんて言うの、初めてだからな」

ポツリと落とされた言葉に、言われてみればそうかもしれないと思った。

今までは、ずっとギルがここに行くぞって提案（？）して、それについて行く形だったし。

最初ためらったように見えたのも、単に驚いていただけだったのかな？

――――なんて思ってたんだけど。


「弱いなら弱いって、言えばいいのに……」

約一時間後。

俺は酔っ払《ぱら》ったギルを、介抱《かいほう》していた。

シャンパン・バーで、三杯《ばい》目に口をつけた途端《とたん》電池が切れたように眠《ねむ》り込んでしまったギルを、クルーに手伝ってもらって部屋に運び込んだんだけど……。

まさか、ギルがこれほどまでにアルコールに弱いなんて、思ってもみなかった。けど、考えてみれば、ギルは食事のときもアルコールは食前酒とワインを一杯飲むか飲まないかというくらいだったし、パーティでもグラスは持ってはいたけれど、ほとんど口をつけてはいなかった気がする。

くーくーと、ソファに横たわり可愛《かわい》い寝息《ねいき》をたてて眠っているギルを見ていると、こういう最後もありかな、と思えてくる。

このまま朝まで、ギルの寝顔を見ているのもいいかもしれない。

そんなことを思いつつ、ソファの端に腰掛《こしか》けようとした俺は、せめてギルのネクタイとカマーバンド、サスペンダーくらいは取ってやったほうがいいだろうということに気づいた。

本当はジャケットも脱《ぬ》がしてやりたいけど、それをするには体格差が厳しい。

俺はとりあえず、蝶《ちょう》ネクタイと上着のボタンを外してから、少し悩《なや》んで蝶ネクタイを手にクローゼットの前まで行き、まずは自分が楽な格好になることにした。

カマーバンドの留《と》め金は後ろにあるから、あのままじゃ外せないし、ギルの体をあちこち引っ張って……ってことになると、タキシード姿のままじゃちょっと厳しい。

俺はさっさとパジャマに着替《きが》え、もう一度ソファへと戻った。

ギルはさっきとまったく同じ体勢のままで、相変わらず気持ちよさそうに眠っている。

俺は少し考えてからギルの頭側のわずかなスペースに浅く腰を掛け、腕《うで》を引っ張ってみることにした。横向きの体勢になってくれれば、カマーバンドの留め金も、サスペンダーのクリップも外すことができる。

まず、カマーバンドを少しめくって、腹の部分についているサスペンダーのクリップを二つ外した。

「ギル、ちょっとだけこっち向いてください」

聞こえてないだろうなと思いつつも、そう声をかけて腕……というか、肩に近いあたりを引く。――――途端。

「わっ……」

ギルは思ったよりもあっさりと転がってくれた。

それはいい。だけど今度は半ばうつぶせに近い体勢になった上に、身じろいだせいで俺の膝《ひざ》に頭が乗ってしまった。

「参ったな……」

とは思うものの、とりあえずカマーバンドとサスペンダーを外してしまおうと、ギルにのしかかるようにして手を滑《すべ》らせる。

そして外したものを手にそっと抜け出そうとした俺は、いつの間にかギルの腕が俺の腰に回っていたことに気づいた。

「ギル？」

起きたのだろうかと、声をかけてみるものの返事はない。

多分、近くにあったものを反射的に抱《かか》え込んだだけなんだろう。なのに、体を離そうとすると、逆に腕の力は強くなった。

こんな体勢じゃ寝《ね》にくいんじゃないかと思うけど……。

自分の膝――というか、腿《もも》のあたりにあるギルの横顔を見つつ、俺はそっとその額にかかっている前髪《まえがみ》をかき上げてみる。

秀《ひい》でた額、高く整った鼻梁《びりょう》。今は閉じられている瞳《ひとみ》の色を思い出しつつ髪を撫《な》でていると、不意に涙《なみだ》がこぼれた。

瞳の色だけじゃない。

ここ数日のことが、次から次へと脳裏《のうり》を巡《めぐ》っていく。

ギルと一緒《いっしょ》にいる時間は、まるで子どもの頃《ころ》に戻ったかのようだった。

あの頃の、幸せな時間をやり直しているような、そんな気さえして……。

一度緩《ゆる》んだ涙腺《るいせん》は、なかなかもとには戻らなかった。俺は目を伏《ふ》せ、そのまましばらく泣いていた。

突然《とつぜん》、頬《ほお》に何かが触《ふ》れて、驚《おどろ》いた俺は小さく体を揺《ゆ》らし、はっと目を開く。

触れたのはギルの手だった。

「ユキヤ？　どうして泣いているんだ……？」

どこかぼんやりとした口調なのは、酔っているせいだろう。

「……泣いてないです」

言って俺は、ギルの手から逃《のが》れるように横を向いて、さっと涙をぬぐった。

ギルは、ぼんやりと俺を見上げたまま動かない。

このままもう一度寝てしまえば、きっと明日の朝には夢か現実か区別なんてつかないだろうと思って、少しほっとする。

「ギル、起きたなら離《はな》してください。それからちゃんとベッドに――――ギル？」

ぎゅっと、再び腰に抱《だ》きつかれて、俺は眉《まゆ》を寄せた。

「いやだ」

「いやだ……って」

何、その子どもみたいな台詞《せりふ》……と、俺がぽかんとしている間に、背中に回っていた手がするりと、パジャマの裾《すそ》から忍《しの》び込んでくる。

「離したくない」

「やっ……ギ、ギルっ」

背中を撫でられて体を震《ふる》わせた俺を、ギルがとろんとした目で見上げた。それで、俺はギルが相変わらず酔っ払っているのだと気づいた。

言動が微妙《びみょう》に幼いのはそのせいなんだろう。

「ユキヤ」

ギルが伸《の》び上がるようにして俺の唇《くちびる》にキスをする。

「んっ……っ」

背中にあった腕がウエストに回り、ぐいと俺の腰を引きながら体を起こしたギルに抱きしめられてしまった。

「もう離さない」

「ちょっ、待って…ギルっ…あっ…ん…あぁっ」

「待たない」

ギルは、パジャマのボタンも外さないまま両手で胸を撫でると、捲《まく》り上げたそこに顔を突《つ》っ込むみたいにして乳首《ちくび》にキスした。そして、そのまま軽く歯を立てられる。

その上空いている手で尻《しり》を揉《も》まれて、俺は身をよじった。

「逃《に》げるなよ」

いやだと思ったわけじゃなくって、いつもと全然違《ちが》う性急さに戸惑《とまど》ったせいだったんだけど、ギルには俺が逃げようとしているみたいに感じられたらしい。ウエストを抱いている腕に力がこもる。

そしてすぐにギルの手はズボンの中に侵入《しんにゅう》し、下着をかいくぐって直接そこに触れてきた。

「あっ…や…っ…無理だっ…て…っ」

濡《ぬ》れてもいない指で探《さぐ》られて、俺はぶんぶんと首を横に振《ふ》る。

けれど、痛みを覚悟《かくご》した俺の気持ちとは逆に、ギルはすぐに手を引くと、俺をごろりとうつぶせに転がした。

そして、下着ごとズボンを膝まで引き下げると、尻を左右に割り開く。

「っ…やだっ…放せ…っ、見んなばかーっ」

「いやだ、見る」

あまりの恥《は》ずかしさに、敬語も忘れて叫《さけ》んだけれど、ギルの手は外れなかった。

それどころか、狭間《はざま》にぬるりと濡れたものが触れる。

俺は驚いて首を回《めぐ》らせ——それがギルの舌だと気づいて、死にそうになった。

「や…やめろっ……ギルっ、やだっ…やっ…やあっ…」

必死で逃れようとするけれど、腕の力は強くて外れない。

その上、中のほうまで舌が入り込んでくると、だめだと思うのに快感で体が震えて力が抜《ぬ》けてしまう。

「やだ…っ…や…ぁ…んっ」

やがてギルの指が入り込んでくる頃には、快感に流されて逆らう気力もなくなっていて、腰を持ち上げられても、ただじっとしていた。

抱かれること自体がいやなわけじゃなかったから、っていうのもある。

ギルの指は、すぐに二本に増えて、中を広げるように動いた。そうして、広げられた場所に舌を差し入れられると羞恥《しゅうち》と同じだけの快感でおかしくなりそうになる。

上半身につけたパジャマのほうはボタンすら外していないことも、膝の辺りでわだかまったままのズボンも気になったけれど、俺はすぐにギルの指が与《あた》えてくれる快感のことしか考えられなくなってしまう。

なんでこんな場所がこんなに感じてしまうんだろう？

もちろん、感じることのできる器官があるってことは知っていたけれど、それだけではなくて……。

「あ…んっ…」

いつのまにか三本に増やされていたギルの指がずるりと抜かれ、熱くなったものが押し当てられると、それだけで背筋が痺《しび》れるような快感が走った。

「ユキヤ……っ」

「ひぁっ……あ、あ、あぁっ」

名前を呼ばれ、中にぐっと押し入れられて、俺はソファに爪《つめ》を立てる。

そのまま奥のほうをかき混ぜるように腰を動かされて、体がびくびくと震えた。

震えるたびにギルをぎゅっと締めつけてしまう。

「ユキヤの中……ものすごく気持ちがいい」

「ば…、ばかっ、そういうこと言——…あっ」

ギルは俺のパジャマを捲ると、覆《おお》いかぶさるようにして、背中にキスを繰《く》り返した。

傷跡《きずあと》の残る場所は特にしつこく舐《な》められて、何度も吸い上げられる。

「あ…んっ…ん…っ」

多分、背中はキスマークだらけになっているだろう。

そんなことを考えているうちに、ゆっくりとギルが律動を開始した。

「あ…っ…やぁっ」

徐々《じょじょ》に速くなっていく抜き差しに、俺はただ揺さ振られ、快感に喘《あえ》ぐことしかできなくなる。

そして、ギルのものが中を濡らした衝撃《しょうげき》で、俺も絶頂へと押し上げられてしまった。

ギルは快感の余韻《よいん》に震える俺の背中に、またキスを落とす。いったばかりで敏感《びんかん》になってい
る体は、それだけでも耐《た》えられずに中に入ったままのギルを締めつけてしまう。

繰り返すうちに、体の中でギルのものが大きさを取り戻《もど》していくのが分かった。

「や……また…っ」

「なんでこんなに、どこもかしこも可愛《かわい》いんだろうな」

そんな恥ずかしい台詞と共に唇が離れ、あっ、と思ったときには腹の下に腕《うで》を入れられて、
そのまま腰《こし》を持ち上げられた。

込んでくる。

「あ…何……ああっ」

ギルの上に座りこむような体勢にされ、自重でギルのものが今までにないくらい奥まで入り込んでくる。

「っ…や、…ぁっ…深…っ」

つま先にぎゅっと力が入る。けれど、膝《ひざ》はがくがくと震えっぱなしで、逃れることなんて到《とう》底《てい》できなかった。

ギルの胸に寄りかかった状態で、忙《せわ》しない呼吸を繰り返す。

「んっ……」

ギルの指がパジャマの裾から入り込み、胸に触《ふ》れた。

「今日はまだ、ちゃんと弄《いじ》ってやれてなかったな」

言葉と同時に、両方の乳首を同時に撫《な》でられて、腰の奥のほうまで快感が走る。

「は…っ…ぁ…」

撫でられているうちに、少しずつ尖《とが》って敏感になっていく乳首を、ギルの指は変わらずにやわらかく撫で続ける。

もどかしい快感に、俺は小さく頭を振った。

「ギル……っ…も…やだ…っ…」

「いや？――どうして欲しいんだ？」

「っ…訊《き》くな…ばか……あっ」

意地の悪い質問に、俺は抗議《こうぎ》するようにギルを睨《にら》む。

「そんな顔をされると、意地でも言わせたくなるな。こうされるのと……」

「あっ……」

意地の悪い言葉と同時にぐりっと親指で押し込むようにされて、下肢《かし》にまで快感が走る。

「こうされるのと、どっちがいい？」

今度はきゅっと乳首を摘《つま》まれ、尖った先端《せんたん》を引っかくようにされて、わずかな痛みと引き換《か》えに、腰が浮《う》き上がるような快感が背筋を駆《か》け抜けた。

「このほうが気持ちよさそうだな？　少し痛いくらいのほうが好きなのか？　こっちが締まったぞ」

耳を嚙《か》まれて、ぴくりと首筋が引きつる。痛いのが気持ちいいのはそっちだろうと、言ってやりたいけれど、快感を覚えているのは事実で……。

指先はそのまま乳首を弄り回し、そのたびにギルを締めつけてしまうのが自分でも分かった。

でも、乳首で感じる快感には限りがある。締めつけるたびに、中をかき混ぜて欲しくなって
俺は力の入らないままの膝を擦《こす》り合わせた。

「……ほかにして欲しいことがあるんじゃないのか？」

首筋を少し痛いくらい嚙まれて、更《さら》に吸い上げられる。

「っ……そ…んなの…っ」

言えないと頭を振ると、催促《さいそく》するようにきゅっと乳首《ちくび》を摘んだ指先に力が入った。

「あっ、あ…っ」

「こう言えばいい。———ユキヤの中を俺のものでかき混ぜてぐちゃぐちゃにして欲しい、と」

耳朶《みみたぶ》を銜《くわ》えたまま、いやらしい言葉を囁《ささや》かれて顔が火照《ほて》る。

「ユキヤ？」

「あ……」

促《うなが》すように、ほんの少しだけ腰を動かされて、我慢《がまん》できなくなってしまう。

「……俺のな…か…ギルの…で…か、かき混ぜて、ぐちゃぐちゃに……して…っ」

「ああ、好きなだけかき混ぜてやる」

ギルはそう言うと、ぴったりとくっついていた俺の膝の下を持って、足を開かせた。

「やめ…ひっ……あぅっ、あっ、あぁっ」

そのまま腰を突《つ》き上げるようにして中をこね回されて、腰から下が溶《と》けてしまうような快感を味わわされる。

さっきまで膝の奥で、パジャマの裾《すそ》に隠《かく》されていた自分のものがピンと立ち上がっているのが丸見えになっているのが恥ずかしい。

でも、それ以上に恥ずかしいのは、動きが激しくなったせいでさっきギルが中で出したものがこぼれ出し、ぐちゅぐちゅといやらしい音を立てていることだ。

いつもギルのほうは一度出して終わりだから、こんな風に中に出されたものを更にかき混ぜられるのは初めてだった。濡《ぬ》らされて、滑《すべ》りのよくなった中を激しく擦られると、もうすぐにでもいってしまいそうだった。

「も…っ、だめっ…っ」

ギルの首筋に、後頭部を押し付けるようにしてのけぞる。

「ユキヤ……くっ」

「あっ、ん…ギルっ……ギル…あぁっ！」

絶頂に達した瞬間《しゅんかん》に中をぎゅっと締めつけると、ギルはその中を掻《か》き分けるように何度か擦り上げた。その刺激《しげき》で俺はまた軽く達してしまう。

「ひ…ぁ……あっ…」

そして、再び中をべっとりと濡らされ、俺は力を抜《ぬ》いて、ギルに体を預ける。

もう、指一本動かせそうになかった。

腰から下どころか、何もかも溶けてしまったような気がする。

パジャマ越《ご》しに感じるギルの体温に包まれて、意識がゆっくりと沈《しず》んでいく。

その塗《ぬ》りつぶされていく意識の向こうで……。

「愛してる……ユキヤ」

そんな言葉を聞いた気がして、胸が痛くなった。

こんなときまで、そんな風に言ってくれなくていいのに。余計に悲しくなるだけなのに……。

そんなことを思ったのを潮に、俺の意識は真っ黒に塗りつぶされた。


最終日は、目が痛いほどの晴天だった。

空も海も青くて、絵に描《か》いたような白い雲が浮かんでいる。

「本当に、頂いてしまっていいんですか？」

「ああ。しつこいぞ」

ギルはそう言って、少し顔を顰《しか》めた。

その視線の先には、指輪がある。

あのとき、プレゼントされて以来ずっと嵌《は》めたままの指輪。

ギルに返してしまえばサラさんも文句を言えないんじゃないかと、最後の悪あがきをしたんだけど、結局サラさんの言った通り、ギルは受け取ってくれなかった。

「そう……ですか」

これ以上粘《ねば》ったら、不審《ふしん》に思われるだけだろう。

「そんなことより、準備はできたか？」

「……はい」

俺はこくりと頷《うなず》いた。

ギルとは港にあるタクシーの乗り場で別れることになっている。ギルは、自分の車で送ってやりたかったけど、エバーグレーズ港で部下が待ち構えているので、送ることはできそうもないと、苦虫《にがむし》を噛み潰《つぶ》したような顔で言った。

そんなのは、かまわなかった……けど。

その話をされたとき、俺はすぐにサラさんが指輪を渡《わた》す時間を作るために、手を回したのだと分かった。

窓の外にはすでに陸が見えている。

もうすぐなんだ……。

大きな荷物は、昨日のパーティの前に預けてしまったし、チェックアウトのほうもギルがバトラーに頼《たの》んで済ませてくれた。パスポートも飛行機のチケットも手元にある。

あとは船が着いたら下りるだけだ。

スイートルームの客は、最初に下船すると決まっているから、省吾さんとは港ではなく空港で落ち合うことになっていた。そこから飛行機で日本に戻《もど》るのだ。

「一週間なんて、あっと言う間だな」

「そう……ですね」

本当に、終わってしまえば一瞬《いっしゅん》のことだった気がする。

この船に乗る前は、下りるとき自分がこんな気持ちになるなんて思ってもみなかった。

ずっと、ここにいたい。

現実になんて、帰りたくなかった。

「ユキヤ、俺は――――」

ギルがそう、何かを言いかけたときだ。

コンコンコン、とノックの音が響《ひび》いた。

俺がドアを開けると、この一週間で何度かお世話になったバトラーが立っている。いつの間にか着岸していたことを知らされて、俺はぐっと手のひらを握《にぎ》り締《し》めた。

もう、本当に終わりなんだ……。

『準備のほうはおすみですか？』

『はい、すぐに――――』

『五分、いや、三分だけ待ってくれ』

頷いた俺の後ろから、いつの間にか側にきていたギルがそう言ってドアを閉める。

『ギル？』

驚《おどろ》いて、ギルを見上げると、ギルはドアに俺の体を押し付けるようにして覆《おお》いかぶさってきた。目を閉じる間もなく唇《くちびる》が重なる。

「ん……っ…んんっ」

キスは最初から深かった。唇が腫《は》れるような激しいキスに、俺は必死でギルの背中にすがりついた。

なんだか、胸がひりひりするようなキス。

激しいけれど、情欲をそそるようなものじゃなくて——まるで、本当に伝えたいことが別にあるのだと言われている気がした。

さっき、言いかけた言葉はなんだった………？

そんなことをぐるぐる考えていると、唐突《とうとつ》に唇が離《はな》れた。

「ユキヤ……」

濡れたままの唇が、紡《つむ》ごうとした言葉を今度は俺が唇で塞《ふさ》ぐ。

聞くのが怖《こわ》かった。

ギルの言葉がなんなのかは分からないけど、もしも、一週間ありがとうとか言われたら、きっと胸がつぶれてしまう。

そして、唇を離すとすぐ俺は手の甲《こう》で唇を拭《ぬぐ》い、脇《わき》に用意してあったバッグを手にドアを開ける。

『お待たせしました』

そう言って外に出ると、ギルが出てくるのを待った。

しばらくして、ギルがゆっくりと部屋から出てくる。

何か言いた気な顔に、俺は無理やり微笑《ほほえ》んだ。

「行きましょう？」

「ああ……」

『よろしいですか？』

そう確認《かくにん》してくるバトラーに頷いて、俺はギルと一緒《いっしょ》にゆっくりと舷門《げんもん》へ向かう。

普通《ふつう》なら自分で取りに行かなければならないはずの荷物が、タラップを降りたところに用意されていて、本来スイートルームの乗客じゃない俺は恐縮《きょうしゅく》しつつもそれを受け取った。

『タクシー乗り場はこちらです』

そう案内されて、このままギルはタクシー乗り場まで来てしまうのだろうかと、そう思った瞬間。

『ギルバート』

ギルを呼ぶ声に、俺ははっとして顔を上げた。

『ダグラスか……』

ギルが苦々しい口調でそう言うと、ダグラスと呼ばれたその人は、つかつかと歩み寄り、ギルの腕《うで》を摑《つか》む。

『ダグラスか、じゃないでしょう？　とっとと行きますよっ』

その口調が、まるで自分が省吾さんを怒《おこ》るときみたいで、悲しいはずの場面なのに少しだけおかしかった。

お別れだな……。

『ちょっと待て、俺はユキヤを見送るから――』

『いいですよ。すぐそこですし』

俺はギルの言葉にかぶせるように言った。

『彼もそう言ってくれているし、行きましょう』

ほら、と思う。

地上に着いてしまえば、すぐに現実が待っている。

「ユキヤ……」

『じゃあ、ギル……さようなら』

そして、すみません、と心の中だけで謝る。

うまく笑えているだろうか。

それだけが不安で、俺は顔を隠《かく》すようにぺこりと頭を下げると、タクシー乗り場に向かって歩き出した。

振《ふ》り返りたい、もう一度ギルの顔が見たいと何度も思ったけれど、結局振り返らないまま、まっすぐにタクシー乗り場へと向かう。

しばらくしたら大勢の人でごった返すだろうそこも、今はまだがらがらだった。空車のタクシーがずらりと並んでいる。

サラさんは、まだきていなかった。俺たちよりあとに下りるはずだから、当然だけど。

俺はじっと、嵌《は》まったままの指輪を見つめた。

――このままタクシーに乗って逃《に》げてしまいたい。

『指輪は持ってきたでしょうね？』

けれど、そう思う俺の心を見透《みす》かしたみたいなタイミングで、声をかけられた。

「第一声がそれか……」

思わず呟《つぶや》いて振り返る。サラさんは、上機嫌《じょうきげん》、と言わんばかりの笑顔《えがお》で、そうしていると、ひょっとして俺よりずっと若いのかもという気もした。

西洋人の年齢《ねんれい》は分かりづらいから、なんとも言えないけど。

『何？』

『いいえ。なんでも。――持ってきましたよ』

と言うより、まだ嵌まったままだ。

『なら、早く渡しなさい』

差し出された手に、ため息をついて、俺は指輪に指を掛《か》けた。外れなければいいのに……。そんな思いとは裏腹に、指輪はなんの引っかかりもなくするりと抜《ぬ》ける。

無言のまま、それをサラさんの手に載《の》せた。

指が離れるとき、涙《なみだ》がこぼれそうになったけれどぐっと堪《こら》える。

サラさんは、その指輪を嬉《うれ》しそうに指に嵌めてから、少しだけ眉《まゆ》を顰《ひそ》めた。

『ぶかぶかね』

『……俺、もう行っていいですか？』

『ええ、ご苦労様――』

それ以上見ているのが辛《つら》くてそう言うと、サラさんが顔を上げる。そして、そのまま驚愕《きょうがく》したように目を見開いた。

『何をしている？』

「……っ」

背後から聞こえた声に、俺は心臓が止まりそうになる。

『どうしてあなたがここに……』

『ユキヤにどうしても言っておきたいことがあって戻ってきたんだ』

名前を呼ばれて、俺はびくりと肩《かた》を揺《ゆ》らした。

『それよりサラ、これはどういうことだ？』

『どういうって』

サラさんはそこで一旦《いったん》言葉を切ると、おどおどと視線を地面に落とす。

「――俺が悪いんです」

「ユキヤ……？」

覚悟を決めてゆっくりと振り返ると、そこにはついさっきさようならを言ったばかりのギルが立っていた。

「俺がサラさんに頼《たの》んだんです。サラさんに俺とギルが恋人《こいびと》同士なんてことが嘘《うそ》だとばれてるの知って、黙《だま》っててくれって」

「なんでそんなこと……」

ギルの驚《おどろ》いたような声に、俺は顔を上げてギルを見つめる。

ギルの目はまっすぐに俺を見下ろしていた。

「し、仕事のために決まってるじゃないですか。あなたに資料を読んでもらうためです」

そう言って笑おうと思ったけど、どうしてもうまくいかなくて、俺は再び顔を伏《ふ》せてギルから視線を外した。

だめだ。これ以上ギルと一緒にいたら、余計なことまで口走りそうな気がする。

「最後まで、ちゃんとできなくてすみませんでした……っ」

「っ……ちょっと待て、ユキヤ！」

踵《きびす》を返した俺をギルの腕が引き止めた。俺はそれを振り解《ほど》いて――。

「離してくださいっ」

「つっ……」

ギルが痛そうに顔を顰める。

ああ……また、殴《なぐ》ってしまった……。

最後の最後にまたこれかよ、とか思った気がする。けど。

俺は謝ることもできないまま、その場からタクシーで逃走《とうそう》したのだった……。

◆

「行哉ー、ちょっとちょっと」

遅《おそ》い昼休みから帰ってきた途端《とたん》、省吾さんに呼ばれて、俺は席には戻《もど》らず直接省吾さんのところへ向かった。

あれから四日。

俺と省吾さんは予定通り日本に帰ってきている。

——あのあと、空港で落ち合った省吾さんに、俺は何もかもを話した。

恋人の振りがサラさんにばれたことを、ギルには言えなかったこと。

それをサラさんに頼んでギルに黙っていてもらったこと。

けれど、結局港ですべてギルに知られてしまったこと……。

申し訳なくて、会社をやめると言った俺を、省吾さんは逆に、申し訳ないと思うならむしろ、一生俺の会社で働くって約束しろと言ってくれた。

それに、まだだめになったと決まったわけじゃないとまで言われて、その前向きさに救われたと心から思う。

省吾さんの席へ足を運ぶと、ここじゃなんだからと、そのまま会議室へと連れて行かれた。

うちは社長である省吾さん含《ふく》め、すべての社員が一つのフロアで働いていて、それぞれの席はパーティションで区切られている形だから、会話はすべて筒抜《つつぬ》けになる。

応接室と会議室だけが、ドアの付いた部屋だった。

でも、省吾さんはたいていのことを席でぺらぺら話すから、こんな風に呼び出されるのはすごく珍《めずら》しい。

「どうしたんだよ？」

「んー。なんつーかなぁ……」

首を傾《かし》げた俺に、省吾さんは複雑な顔でため息をついた。

そんなにまずい話なんだろうか？

と考えて、ひょっとしてＢＲＭから返事がきたのだろうかと思い当たる。

「俺としても複雑なわけよ。こー、みすみす可愛《かわい》い弟分をさぁ」

それにしては、なんか言ってることがおかしいけど。

「一人でぶつぶつ言ってないではっきり言えよ。――ＢＲＭから連絡《れんらく》があったの？」

単刀直入に訊《き》くと、省吾さんは諦《あきら》めたような顔でこっくりと頷《うなず》いた。

「実はそーなんだ」

「本当に、ごめん。俺のせいで……」

きっと、俺が傷つくと思ってなかなか言い出せないんだろう。

そう思って謝ると、省吾さんは意外にも首を横に振《ふ》った。

「違《ちが》うって。まぁ、確かにBRMから連絡はあったんだけどな。契約《けいやく》したいって」

さらりと言われた言葉の意味が分からず、俺はぼんやりと省吾さんの顔を見つめる。

連絡はあったんだけどな。

契約したいって。

契約――――……したいっ？

「え、そそそそれって、契約したいってこと？」

「だからそー言ってんじゃん」

苦笑《くしょう》交じりに頷かれても、まだ信じられない。

「ただし、条件が一つ」

「条件？」

どこかで聞いたフレーズに、俺はどきりとして省吾さんを見つめた。

あのときも、こうして一つ条件をつけられたことを思い出してしまう。

「それがなー。俺としてはちょっとなー」

いつになく歯切れの悪い省吾さんに、俺は再び首を傾げた。

「……金の話？」

「金ならよかったんだけどなぁ」

はー、と深いため息をつかれて、俺は眉を顰める。

「なんなんだよ？　はっきり言えって」

「んじゃ言うけど、行哉に契約書を持たせろってさ」

「は？」

今度もまたあっさり言われて、俺は間の抜《ぬ》けた声を上げた。

「俺に……？」

「しかも一人で寄越《よこ》せって言うし」

それはやはり、顔を見て恨《うら》み言の一つも言わないと気がすまないということだろうか？

「でも、いやならいーからな。こんな条件どっかおかしいし。あんときも、行哉が泣くよーなことになんなら断っときゃよかったって、あとで死ぬほど後悔《こうかい》したし」

ぽんぽんと、子どもにするように頭を叩《たた》かれて、どうする？　というように顔を覗《のぞ》きこまれる。

俺はぎゅっと目を瞑《つぶ》った。

ギルに、会いに行く……。

それはとても甘美《かんび》な誘惑《ゆうわく》だった。

この四日、ギルのことを思い出さない日はなかった。

毎日毎日、部屋で一人になると勝手に涙《なみだ》がこぼれて、うまく眠《ねむ》れなくて……。

本当は顔向けできないって思うべきなんだろう。

いや、実際そうは思っている。

けれど、それ以上にもう一度ギルに会いたかった。

許してもらえなくていいから、謝りたい。どんなに蔑《さげす》まれても、詰《なじ》られても仕方ない。当然だと思う。

でも、それでも、もう一度ギルの顔を見たいと思ってしまう。

自分の中に、こんなにもエゴイスティックな感情があることを、ギルを好きになってから知った。

「俺が……行く」

目を開けてそう言うと、省吾さんは仕方がないというような深いため息をつく。

「そー言うと思った。——んじゃ、これ契約書な。俺のサインはすんでるから。相手に一枚、こっちに一枚、分かってるよな」

こくりと頷く。

「じゃ、行ってこい」

行ってこい、なんてずいぶん軽く言うと思ったら、そういうことか……。

てっきりニューヨークまで行くことになるのだと思っていたのに、ギルが指定して来たのはホテル・ロイヤル・フォンティーヌという、都内でも有数のラグジュアリーホテルだった。

散々迷った挙げ句、俺はギルに買ってもらったスーツを着てきている。ギルになんか突《つ》っ込まれるかもしれないけど、まともなスーツがこれしかないのだから仕方ない。

あの日タクシーに乗ったときには、スーツケースを積み込んでいる余裕《よゆう》なんてとてもじゃないけどなかった。当然、俺が商談に着ていけるようなそこそこのスーツはすべて、あのタクシー乗り場に置き去りになり、あの日着ていたスーツだけが唯一《ゆいいつ》手元に残ったのだ。

次の給料が出たら、買いに行こうと思ってたんだけど……。

そんなことを思いつつ、ロビーに足を踏《ふ》み入れる。

約束の時間は四時。今はその十分前で、チェックインの始まっている時間帯ということもあるのか、ロビーには思っていたよりも人が多い。

『お待ちしておりました』

その中で俺にそう声をかけてきたのは、あのとき港で会った男性だった。

確か――ダグラスとか、呼ばれていたと思ったけど……。

『先日もお会い致《いた》しましたが、挨拶《あいさつ》が遅《おく》れまして……。ギルバートの秘書でダグラス・マイスナーと申《もう》します』

『門倉の秘書の成瀬行哉です。このたびは、ありがとうございます』

差し出された手を握《にぎ》ってそう言うと、マイスナー氏はなぜか苦笑《くしょう》した。

『何か……?』

『いいえ、なんでもございません。まいりましょう』

促《うなが》されて、それ以上突っ込んで訊くこともできないまま、マイスナー氏についてエレベーターホールへと向かう。

連れて行かれたのは、最上階のフロアだった。

マイスナー氏がノックをすると、中から入れとギルの声がする。

途端《とたん》に心拍数《しんぱくすう》が上がって、俺はぎゅっと奥歯を嚙《か》み締《し》めた。

なんだかあっと言う間にここまできてしまって、現実感がなかったけれど、この向こうにギルがいるのだと声を聞いて初めて実感する。

マイスナー氏が開けてくれたドアをくぐると、そこは黒っぽい長方形のテーブルに、グレージュのソファが六個並んだ小会議室だった。

奥の天井《てんじょう》まである窓に、ビル群が見える。

そして、そこには当たり前かもしれないけれど、四日前と変わらない姿のギルがいた。

『わざわざ足を運んでもらい、申し訳ない』

その台詞《せりふ》に、俺ははっと我に返る。

仕事できたんだから、ぼんやりしている場合じゃないと自分に言い聞かせる。

『先日は、大変申し訳ありませんでした』

俺はその場で深く頭を下げた。

どんな言葉も受け止めるつもりで……。

けれど、ギルはあっさりと俺に頭を上げるように言い、ソファに座るよう勧《すす》め、自分もその正面に掛《か》けた。

そのあっさりとした対応に、逆に心細くなる。

どうして、ギルは怒《おこ》らないんだろう？

てっきり、あのときのことで言いたいことがあるのだとばかり思っていた。そうでなければ、どうして俺を指名したのかが分からない。

『契約書は？』

『は、はい。こちらです』

俺はブリーフケースの中から、契約書を取り出して震《ふる》える指でテーブルの上へ置く。

ギルは何も言わずに、それを手に取った。

その目が俺を見ることはなく、その事実に胸の奥がひんやりとする。

ギルとマイスナー氏が並んで契約書の内容を確認《かくにん》している間にも、少しずつ胸が冷えていく気がした。

……ギルにとっては、取るに足らないことだったんだろうか。

今回俺を指名したことだって、別にたいした理由なんてないのかもしれない。

よく分からない。

ただ、分かっているのは、詰《なじ》られるよりこうして無視されることのほうが、ずっと辛《つら》いということだけだった。

もちろん、自分にショックを受ける権利なんてないことは分かっている。

むしろ、ギルがあのときのことに触《ふ》れずにいてくれることを、感謝すべきだとさえ思う。

なのに……。

滲《にじ》みそうになる視界に、俺はうつむいて何度も瞬《まばた》きを繰《く》り返す。

『カドクラと話した通り、特に問題ないようだな』

その言葉に顔を上げると、ギルは一度頷《うなず》いて、契約書《けいやくしょ》にサインをした。

『ありがとうございます……』

『こちらこそ、今後はよろしく頼《たの》む』

そんな言葉と共に、立ち上がり握手《あくしゅ》を交《か》わす。

ギルの手は、あのときと少しも変わらないように思えた。けれど、これはギルの手ではなくて、企業家《きぎょうか》であるブレイスフォード氏の手なのだと思う。

そうでも思わないと離《はな》し難《がた》くて、俺は必死で自分に言い聞かせた。

『ダグラス、これを持って出ろ』

ギルはそのまま、契約書の一枚をマイスナー氏に渡《わた》し、もう一枚を俺のほうへと滑《すべ》らせる。

俺はそれを丁寧《ていねい》にファイルに挟《はさ》み、ブリーフケースの中にしまいこむ。

『これで、仕事の話は終わりだな』

『はい。――では、私も失礼します』

ダグラス氏が出て行くのを追って、踵《きびす》を返そうとした俺の腕《うで》をギルが摑《つか》む。

「え……」

「行かせるわけがないだろう？」

そして、気がついたときにはギルの腕の中に抱《だ》きしめられていた。

手にしていたブリーフケースが、音を立てて床《ゆか》に落ちる。

反射的にそれを拾おうとしたけれど、ますます強くなる腕の力に身動きすら取れなくなった。

「ユキヤ……会いたかった」

耳元で囁《ささや》かれた言葉に、俺は自分が夢を見ているのではないかと思う。

「どうして……？」

今自分がギルに抱きしめられているのだということが信じられなくて、俺は呆然《ぼうぜん》とギルを見上げた。

ギルはまっすぐに俺を見て、やわらかく微笑《ほほえ》む。

「愛しているからに決まってるだろう？」

「だって、それは……嘘《うそ》、でしょう？　サラさんを騙《だま》すために……」

全部芝居《しばい》だったはずだ。

それに……。

「それに俺は……ギルを裏切ってサラさんに――」

「そのことだが」

ギルは、言い募《つの》ろうとした俺の言葉を遮《さえぎ》ると、なぜか笑った。

「お前サラに『仕事のためにばれるわけにはいかない』と言ったらしいな？」

「そ、そうです。俺は、仕事のためにギルを……」

「だが、それならなぜ指輪を渡した？」

「え……？」

ギルの言葉に、俺は戸惑《とまど》って瞬きを繰り返す。

「指輪がサラのもとにあるのを見れば、お前がサラと繋《つな》がっていたことはすぐに分かる。そうすればこの契約に支障が出るとは思わなかったのか？」

「それは……」

言葉に詰《つ》まった俺を見て、ギルは再び楽しそうに笑う。

「あのとき、サラが指輪を持っているのを見たときはさすがにショックだった。だが、すぐにそのことこそが、お前が俺を好きになった証拠《しょうこ》だと気づいた。本当に仕事のことを思うなら、すぐ俺にサラが気づいていると知らせるのが一番だと、思わなかったわけじゃないだろう？　実際、カドクラとはそういう話になったらしいじゃないか」

省吾さんに聞いたのだろうか？　そんな風に言うギルに、俺は泣きそうになって目を閉《と》じた。

ギルの指が俺の頬《ほお》に触れる。

「……俺の側にいたいと思ってくれたんだろう？」

その問いに、俺は目を閉じたままこくりと頷いた。

「すみません……。せめて、船を下りるまでは……約束通りギルの恋人《こいびと》の振《ふ》りをしていたかった」

「可愛《かわい》いことを言うな。我慢《がまん》できなくなるだろう？」

目尻《めじり》に触れたやわらかいものが、ギルの唇《くちびる》だと目を開けなくても分かる。

「俺は最初から、船を下りてもユキヤを手放す気はなかった」

囁かれた言葉に、俺はそっと目を開いてギルを見つめた。

最初から？

「どうして、そんな、最初って……」

まさか、デッキでキスされたときだろうか？

そう考えた俺に、ギルは思ってもみない答えを口にした。

「十六年前から、ずっとだ」

「十六？」

その数字をどこかで聞いた気がして、俺は瞬《しばたた》く。そして、それがあの指輪を渡されたときだと気づいた。

「ユキヤは薄情《はくじょう》だな。俺は会えない間もずっと、お前を愛していたのに」

ギルはそう言って、仕方ないというようにため息をこぼす。

「十六年前。俺は母と、お前は両親と船に乗りこみ、そこで出会った。ベアトリーチェの前に建造されたベアトリスという船だ。覚えてないか？」

「あ……」

船の名前は覚えていない。けれど、両親と船に乗ったのは、あとにも先にもあのときだけだ。

でも、あのとき出会ったって……。

「え…ええっ？」

ひょっとして、あの子が？

「思い出したか？」

目を瞠《みは》った俺に、ギルがにこりと微笑む。

「思い出した……っていうか」

その子のことなら覚えている。

「どうして言ってくれなかったんですか？　俺、確かギルに話しましたよね？　ダンスのこととか、カードゲームのこととか」

「ああ。覚えていたのかと嬉《うれ》しくなったぞ。だが、それが俺だということまで思い出して欲しかった。船を下りるまでに思い出してもらえなかったら言おうと思っていたんだ」

そう言われて初めて、最終日にギルが何度か言いかけたことがそれだったと気づく。

でも多分、言われなければ絶対気づかなかったと思う。

だって……。

「はっきり言って別人じゃないですか。俺の知っているあの子は、もっと小さくて、それになんだか病弱な感じで、一緒《いっしょ》に遊んでいてもときどき具合が悪くなったりしていたし。あ、あと、髪《かみ》はもっとふわふわで、色も淡《あわ》かったし、真っ白な頬にそばかすが散ってて……」

そう言い募る俺に、ギルは苦笑《くしょう》する。

「体が弱かったわけじゃない。言っただろう？　子どもの頃《ころ》は船酔《ふなよ》いがひどかった、と。小さかったのはユキヤもだ。髪は確かに今より色が薄《うす》かったかもしれないが、瞳《ひとみ》の色はそれほど変わっていないだろう？　そばかすは消えた」

あっさり言われて、俺は何も言い返せずに口を噤《つぐ》む。

それにしたって――――変わりすぎだろうと思う。

「俺はあれから毎年、お前がいつか約束を果たしてくれるんじゃないかと信じて船に乗り続けていた。ベアトリスが廃船《はいせん》になって、ベアトリーチェに変わってもずっとな」

そんなこと、言われても。

なんだか、自分がものすごく薄情な人間になった気がして、俺はうつむいた。

まぁ、船には乗らなかったと言うより、乗れなかったんだけど。

「ごめん。で、でも、直接会いにきてくれればよかったのに……」

「考えなかったわけじゃない。だが、最初の頃は俺も子どもだったし、お前が船に乗ってこないこと自体が、お前に拒否《きよひ》されている証拠だと思って、怖《こわ》かったんだ。——最終日に殴《なぐ》られたしな」

苦笑されて、俺はギルを軽く睨《にら》む。

「あれは、ギルが俺を女だって勘違《かんちが》いしたせいでしょう」

「女?」

「そうですっ!」

それまでほとんど言葉でのコミュニケーションがとれなかったから、「来年、この船で会いたい」と日本語で言われたことが嬉しくて、俺は何度も頷《うなず》いた。

なのにそのあと。

「け……『結婚《けっこん》しよう』とか、言ったくせに」

ぎこちない日本語で、けれどはっきりとそう言われたのだ。

こんなギルに抱《だ》きしめられているという状況《じょうきょう》で、そんな言葉を言わなきゃならないことが恥《は》ずかしくて小声になってしまう。

それなのに。

「別に、ユキヤを女だと思ったわけじゃない。男でもいいから結婚したいと思って申し込んだんだ」

そんな風に言われて、驚《おどろ》いた。

「そ、そんなの……」

分かるわけがない。というか、それはそれで大問題だと思う。

「そうか、そんな誤解を……。それで殴られたのか」

ギルはやっと納得《なっとく》したというように何度か頷いたけれど、俺からしてみると全然納得いかない。

「まぁ、とにかく、捜《さが》そうと思ったときにはお前の行方《ゆくえ》が分からなくなっていて……今度こそ本当に船に乗ることぐらいしかできなくなったんだ。もっと早くに捜していればと、何度も後《こう》悔《かい》した」

それは、多分施設《しせつ》に入ったりしていたからだろう。その前に何度か親戚《しんせき》の家を転々としていたし、中学を出るとすぐ省吾さんに誘《さそ》われて施設を出てしまったのもある。

俺を抱きしめたままだったギルの手が、そっと肩甲骨《けんこうこつ》のあたりを撫《な》でた。

「そのせいで、ユキヤが一番辛《つら》いときに側にいてやれなかった……」

あの傷に何度も口付けられたことを思い出して、俺はギルのその気持ちに泣きそうになる。

ギルがそんな風に思ってくれていたことが嬉しくて……。

「そんなのもうどうでもいい。もう痛くないって言ったでしょう？」

ぎゅっとギルに抱きつくと、ギルもまた力を込めて抱き返してくれる。

「愛してる、ユキヤ」

耳元で囁《ささや》かれて、俺はギルに額を擦《こす》りつけるみたいに頷いた。

「うん……俺も好きです」

そっと、ギルの腕《うで》が解かれて、俺は顔を上げる。

「もう一度、受け取ってもらえるか？」

「え？」

そう言ってギルがポケットから取り出したのは、あの指輪だった。すっと、血が下がったような感覚がして、俺は一歩足を引く。

「手を……」

差し出された手をじっと見つめた。

俺に、この手を取る権利があるだろうか。

一度手放した、この手を。

けれど、悩《なや》んだのは一瞬《いっしゅん》だった。

俺はギルの手にそっと自分の手を重ね、指輪が嵌《は》められるのを見守る。

指輪は、最初のときと同じように、ぴったりと収まった。

俺はきっとこれからも、この指輪を見るたびに思い出すだろう。

ギルを騙《だま》したこと。省吾さんに迷惑《めいわく》を掛《か》けたこと。そして、自分の中のエゴを。それでも……。

「……二度と外しません」

きっぱり言い切った俺をギルはもう一度抱きしめて、キスをした。

「……ん……っ……」

「もう、ずっと離《はな》さない」

ギルは吐息《といき》が触《ふ》れるほどの近さでそう言うと、何度も唇《くちびる》を重ねる。

どんどん深くなるキスに、溺《おぼ》れそうになったとき、よろめいた足が何か硬《かた》いものに当たった。

足に当たったのがブリーフケースだと気づいて、我に返る。

そうだ、契約書《けいやくしょ》……。

「ん…、待って…んんっ…ギル……っ」

「……なんだ？」

「俺、会社に帰らないと……。契約書が——」

「だめだ、帰さない」

「って、わっ…ちょっ……ギルっ？」

半ば抱《かか》え上げられるようにして、テーブルの上に押し倒《たお》され、目を瞠る。

見上げたギルの顔は、怖いくらい真剣《しんけん》だった。

「行かせないと、言っただろう？」

そのまま足の間に立たれ、腕を押さえつけられて身動きがとれなくなる。

「そんな、だって」

「だめだ」

ギルはそう言い切ると、再び俺の唇を塞《ふさ》いだ。

「…ん……ふ…ぅっ」

ゆっくりと口腔《こうこう》を舐《な》められて、鼻から抜《ぬ》けるような声がこぼれる。

覆《おお》いかぶさっているギルのものが、足の間ですでに硬くなっているのを感じて、体温が上がった気がした。

「あ…っ…」

やっと離れたと思った唇が、胸へと落ちる。シャツの上から唇で乳首《ちくび》を探《さぐ》られる。

「ここは俺のことを覚えてるようだな」

クスリと笑われて、かっと頰《ほお》が火照《ほて》る。

けれど、その言葉通りそこはすでに尖《とが》って、シャツの上からでも分かるくらい存在を主張していた。

ギルがそこを舐めると、じんわりと温《あたた》かい感覚に腰《こし》が震《ふる》える。

「色もまだ消えてない」

「やっ……言わ…ないで……っ」

一瞬だけ見たそこは、ギルの唾液《だえき》に濡《ぬ》れたせいで、乳首の色が透《す》けてしまっていた。ネクタイもジャケットもそのままで、そんな場所だけを暴《あば》かれているような状況が恥ずかしくて、俺はぎゅっと目を瞑《つぶ》る。

「あぁっ……ぅ」

その途端《とたん》、乳首に甘い衝撃《しょうげき》が走った。腕はまだ摑まれたままだから、多分嚙《か》まれたのだと思う。けれど、布を一枚はさんでいるせいか痛みはほとんどなく、ただじんじんと痺《しび》れるような感じがした。

「あっ…やっ…んっんっ」

そのまま何度も嚙まれて、俺は頭を振《ふ》る。

そんなにしたら、取れてしまうんじゃないかと思うくらい引っ張られると、下肢《かし》のほうまで快感が走った。

テーブルの下で何度も足が揺《ゆ》れる。

途中《とちゅう》でギルの手が腕から離れたのが分かったけれど、俺はただギルの肩《かた》を摑むことくらいしかできなかった。

そうしている間にギルは俺のベルトを外し、前立てをくつろげてしまう。下着の上からそっと触れられて、俺はギルの肩を摑む手に力を込めた。

「あ……」

「もう、こんなに硬くなってるな」

ぐりぐりと手のひら全体で揉《も》まれて、直截《ちょくせつ》的な快感に腰が跳ねる。

「や…っ…待って…っ…」

何度も何度も下着の中がぐちゃぐちゃになるくらい弄《いじ》られて、その上まだ触れられていなかったほうの乳首に歯を立てられた。

「だめ…っ…も…やだ…っ、ギル…っ」

空いていたほうの手に、濡れて透けたシャツごと乳首をきゅっと摘《つま》まれて、足の間に立っているギルの腰を、膝《ひざ》で強く挟《はさ》みこんでしまう。

「や…もう…出ちゃ……う…ぅっ」

「いつも言ってるだろう？　我慢《がまん》する必要はない」

必要とか必要じゃないとかいう問題じゃなくて、下着をつけたままだという状況《じょうきょう》が問題なのだと思う。

「だから……っ、あ、ちょ……っ、あぁぁ……っ」

けれど、言葉にする前に、ギルの手にひときわ強くそこを弄られて……結局俺はそのまま いってしまった。

当然下着の中はべとべとで、なんだか情けなさに泣きたくなる。

「ギルの、ば……かっ」

苦しい息の下でそう悪態をつく。殴《なぐ》ってやりたいけれど、快感に体が痺れて手を上げるのは億劫《おっくう》だった。

その間にギルは一旦《いったん》上体を起こすと俺の靴《くつ》と靴下を脱《ぬ》がし、濡れてしまった下着ごとズボンを床《ゆか》に落とす。

もうちょっと早く脱がしてくれればよかったのにと、内心思っていたら、そのまま、踵《かかと》をテーブルの上に上げられた。

「ちょっ……や、ギル、離して……っ」

慌《あわ》てて足を降ろそうとしたけれど、膝の裏を掴まれて逆に広げられてしまう。

「びしょびしょだな」

「見んな……っ」

こんな風にしたのはギルなのだからと思うけれど、それで羞恥《しゅうち》が薄《うす》れるわけでもない。

その上そこに屈《かが》み込まれて……。

「あっ、やだ…っ…それやだっ」

奥をギルに舐められて、俺は半泣きになった。

この前もされたことだけど、これが何よりも一番恥《は》ずかしいと思う。

ギルは俺の涙《なみだ》交じりの訴《うった》えに、一旦は顔を上げてくれた。

「両手がふさがっているんだから、仕方がないだろう？」

そう言って、なだめるように頰にキスをされる。

けれど、口にした台詞《せりふ》は更《さら》に俺を追い詰《つ》めるものだった。

「ユキヤが自分で足を押さえてくれるなら、別だがな」

「………そ、そんなの」

自分でこんな風に足を開いていろと言われて、はいと頷《うなず》けるわけもない。

「それか、ユキヤが自分の指でほぐすところを見せてくれるか？」

そんなのはもっと無理だ。

でも……。

「分かった…っ…じ、自分で押さえてる、から」

舐められたり、自分でほぐしたりすることに比べたらましな気がして、俺は結局そう口にした。

そして、ギルに促《うなが》されるままに、膝の裏を手で支える。腕《うで》の長さの分、ギルに押さえられていたときよりも腰《こし》が上に上がってしまうと気づいたけれど、もうどうしようもない。

「いやらしくて、すごく可愛《かわい》い。上はネクタイもそのままだというのが、すごく欲しがっているみたいで……そそられるな」

「や……っ」

ギルの手がそっと膝を撫《な》でる。

「俺以外の男の前では、絶対にするなよ？」

「す、するわけないでしょうっ」

俺の言葉にギルは満足げに笑って、なんの予告もなく指を一本中へと滑《すべ》り込ませた。

「あっ……」

足がびくりと揺れる。

「そんなに欲しかったのか？　するりと入ったぞ」

笑われて、俺は恥ずかしさを堪《こら》えるように横を向いて目を閉じた。

「ほら……気持ちよさそうに飲み込んでる」

ギルが指を出し入れするたびに、くぷくぷといやらしい音がする。

入れたまま動かすのではなくて、何度も抜《ぬ》いては入れるのを繰《く》り返されると、そこが自然と開閉を繰り返してしまう。

そうなってから、ギルはやっと指を二本に増やした。

二本に増えても、することは同じで、俺はだんだんと物足りなさを感じるようになってしまう。

汗《あせ》で滑る手で、何度も膝裏を支え直しながら、頭の中は中に入ってるもののことでいっぱいになっていく。

もっとずっと中にいて欲しい。

奥まで入れて、かき混ぜて欲しい。

そんなことしか考えられなくなったころ、ようやく指が三本になった。

そして、その指を何度目かに同じように抜かれた瞬間《しゅんかん》。

「や…抜かないで……っ」

自分でも恥ずかしくなるような不満げな声がこぼれた。

ふ、とギルが吐息《といき》だけで笑ったのが分かる。

「……抜かないで欲しい？」

ギルの問いに俺は小さく、けれどはっきりと頷いた。

「俺を見て言ってみろ、ユキヤ」

甘い声に誘《さそ》われるように、俺は目を開けてギルを見つめる。

ギルの目はこっちが恥ずかしくなるくらい、情欲に染まって見えた。

けれど、そのことに逆にほっとする。乱されているのは、自分だけじゃない……。

「抜かないで……。ずっと入れて…て」

そう思ったら、言葉がするりとこぼれてきた。

「指でいいのか？」

喉《のど》が渇《かわ》くような感覚がして、俺はこくりと唾液《だえき》を飲み込む。

「――ギルのものを入れて……ここに…ください」

ぐいと、膝を大きく開くと、ギルの喉が大きく動いたのが見えた。

「……ああ、入れてやる」

「あぁ――ん…っ」

その言葉が終わらないうちに、ギルのものが一気に中に入り込んでくる。

ぴしゃりと、何かが頬《ほお》を濡《ぬ》らして、自分がそれだけで達してしまったことに気づいて驚《おどろ》く。

「入れただけでこれか」

ギルは嬉《うれ》しそうにそう言うと、俺の頬を汚《よご》したものをぺろりと舐《な》め取った。

そうしてすぐには動かず、指でギルのものを銜《くわ》え込んでいるところの縁《ふち》をぐるりと撫でる。

「っ……や…だ」

そこがギルの形に開いているのだと思うと恥ずかしくて、泣きそうになる。

なのに、それだけじゃなくて、ギルはそこを指で広げるようにしたまま、ゆっくりと腰《こし》を引いた。

そして、今度はゆっくりと嵌《は》め込まれる。

「あ、あ……あっ」

出入りしている部分を見られているという羞恥に耐《た》えられず、俺は膝《ひざ》を支えていた手を外し、その部分を隠《かく》そうと伸《の》ばした。

「や…、見ないで…っ」

けれど、ギルは落ちそうになった踵をテーブルの上に戻《もど》すと、俺の手を邪魔《じゃま》に思うどころか逆に摑《つか》んで、そこまで導く。

「ユキヤ、ほら触《さわ》ってみろ」

「俺のものがお前の中に入ってるんだ。分かるか？」

「……や…っ」

そんなこと、言われなくたって分かってる、と思うけれど自分の指が触《ふ》れたものに、俺は怖《こわ》くなって手を引いた。

初めて触れたギルのものが、動いて自分の中へ埋《う》め込まれていくのをものすごくリアルに感じて……。

でも、同時に自分がこんなにも感じてしまうのは、中に入っているものがギルの体の一部だからだとはっきり分かった気がした。

ギルは、それ以上は特に強制することもなく、俺の手を離《はな》すとゆっくりだった抜き差しを少しずつ速め始める。

「あっ、あんっ……あぁ……っ」

「ユキヤ……ユキヤ…っ」

何度も何度も名前を呼ばれて、叩《たた》きつけるような勢いで突《つ》き上げられる。

そして、腰骨《こしぼね》を摑むようにして最奥《さいおう》まで入り込んだギルが、中ではじけたのを感じた瞬間、俺もまた絶頂へとかけ上がっていた……。


何度いったか分からないくらい抱《だ》かれた。

あのあと会議室とドアで繫《つな》がっているスイートルームに移って、ベッドで散々泣かされて、バスルームでももう一度された気がする。

そして、次に気がついたとき、俺は元通りベッドの中にいた。ギルに抱きしめられるように眠《ねむ》っていたらしい。

窓から明るい光がもれていることに気づいて、時間の感覚が分からなくなった。

「目が覚めたか？」

「ん……ギル」

名前を呼んで、自分の声がひどくかすれていることに驚く。

その原因に気づいて火照《ほて》った俺の頬を、ギルの指が優《やさ》しく撫でた。

「水が欲しいか？」

こくんと頷《うなず》くと、ギルはナイトテーブルにあった水差しから水を汲《く》んで、口移しで飲ませてくれる。

「普通《ふつう》に飲みたいんですけど」

「起き上がれないだろう？」

恥《は》ずかしくてそう言ったけれど、ためしに起き上がろうとしたらギルの言う通り、体が言うことを聞かなかった。

こんなことが実際にあるのかと、自分のことながら驚く。

へたりと崩《くず》れ落ちた俺を、ギルが笑う。

「誰のせいだよ」

むっとして睨《にら》んだけど、ギルは笑うばっかりで反省した様子はない。

「……………ギルってマゾじゃなくて、むしろサドなんじゃないのか……？」

思わず呟《つぶや》いた俺を、ギルは不思議そうに覗《のぞ》きこんでくる。

「マゾだと思っていたのか？」

「思ってた……んですけど」

こんな顔をするってことは、誤解だったってことかと俺は驚いて起き上がろうとして体が動かないことを思い出した。

仕方なく、ベッドに突っ伏《ぶ》したままぼそぼそと言い訳をする。

「だって、俺が殴《なぐ》ったときとか、こう……なんか妙《みょう》に嬉しそうだったから」

怒《おこ》ったときも、蹴《け》ってしまったときも楽しそうだったし。

「なるほどな」

ギルはそう言うと、少し呆《あき》れたような、けれど楽しそうな顔で笑った。

「あれは、ユキヤが変わってないことが嬉しかったんだ。すぐ手が出るのに、出したあと『しまった』という顔をするところが可愛《かわい》いと、昔から思っていたから」

「っ……」

面と向かって可愛いなんて言われて、俺は耐えられずに枕《まくら》に顔をうずめる。

そうして、速くなった鼓動《こどう》を鎮《しず》めていると、ギルの手がそっと俺の頭を撫《な》でる感触《かんしょく》がした。

「……もう少し寝《ね》ていろ」

けれどその言葉に頷きそうになって、はっと気づく。

「今何時ですか？」

急に顔を上げた俺に、ギルは瞬《しばた》いたあとナイトテーブルのほうへと目をやった。

「まだ六時前だ」

「六時？　って朝の？」

「ああ」

ああ、じゃなくて。

俺は深いため息をこぼした。

「どうした？」

「いえ……社長、心配してるだろうなーって」

きっとものすごく心配している。

というか、ひょっとしてホテルまできているかもしれない。

「……カドクラになら連絡《れんらく》を入れておいた」

ギルはそう言ってくれたけど、どこか不機嫌《ふきげん》そうな声に、逆に不安になった。

「飲ませすぎたから寝てる、とでも言ってくれたんですか？」

前にもあったな、と思いつつ訊《き》くと、ギルはあっさり首を振《ふ》る。

「ユキヤは俺のものになったから今夜は帰せない、と言っておいた」

「は……？」

一瞬《いっしゅん》、頭の中が真っ白になった。

――俺のものになったから今夜は帰せない。

「なんてこと……」

「カドクラも納得《なっとく》していたぞ」

呆然《ぼうぜん》と呟く俺に、ギルはそう言ったけれど、俺はそういう問題じゃないと首を振った。

「ほかに、省吾さんは何か……」

思わず、社長ではなく名前で呼んでしまったけれど、訂正《ていせい》する気にもなれず、俺はギルの返事を待つ。

「大切な社員だから、月曜日までには契約書《けいやくしょ》を持たせて帰せと言っていた」

「それだけ……ですか？」

省吾さんのことだから、もっとこう……なんかすごいことを言ったんじゃないかと思ったんだけど。

場合によっては名誉毀損《めいよきそん》で訴《うった》えられてしまいそうなこととか。

「そんなものだろう。カドクラには、誕生日のことを話したときから薄々《うすうす》気づかれていたようだしな」

ぽん、と軽く頭を叩かれたけれど、納得はいかない。

「っていうか、誕生日ってなんですか？」

「ユキヤの誕生日に決まってるだろう。サプライズにしたいから、カドクラからは誕生日に触《ふ》れないでくれと頼《たの》んであったんだ。ディナーの前にばったり会ったときは、気が気じゃなかったぞ」

いつの間にそんな密約を。

考えてみれば、出会って以来、省吾さんが俺の誕生日を忘れたことはない。

けど、今年何も言われなかったのがそんな理由だったなんて……。

それに……ギルは薄々気づかれていたって言ったけど、昨日会議室でギルのところへ行く話をしているときも、なんか様子が変だった。

あれは、こんな事態を想定していたってことだろうか……？

――やっぱり省吾さんって侮《あなど》れない。

「やはり、最大のライバルはカドクラか」

そんな風にぐるぐると考え込んでいた俺に、ギルがため息混じりにそう言った。

「契約の中に、ユキヤの出向を盛り込むことにも反対されたしな」

「って、勝手にそんなこと盛り込まないでくださいよ……」

思わず言い返しつつ、ギルがそんなことを考えていたことにはちょっとだけ嬉《うれ》しくなる。

確かに、俺とギルじゃこれからも、ちょいちょい会うってわけにはいかないだろうし。

「ああ、でもせめて、毎年ユキヤの誕生日前後には、ユキヤをベアトリーチェに乗せるという条件だけでも入れるべきだったな」

本気でそう思っているらしいギルの表情に、俺は小さく微笑《ほほえ》む。

「さすがに無理だと思うけど……有給取れるように頑張《がんば》ります。でも」

そこで言葉を区切ると、俺はギルを指先で招く。

「どうした？」

「これからは、船以外の場所でも会いたいんですけど、いいですか？」

そして、ギルの返事を待たずに、そっとキスをした。

ギルは、少し驚《おどろ》いたように目を瞠《みは》って、それから笑って頷く。

「ああ。――――今度こそ、ユキヤのいる場所にならどこにでも会いに行く」

言葉と一緒《いっしょ》に降ってきたキスを、俺は幸福な気持ちで受け止めたのだった。

あとがき

はじめまして、こんにちは。天野かづきです。この本をお手にとってくださって、ありがとうございます。

今回の本は、仕事の関係で船に乗った受が、営業先の社長である攻に頼《たの》まれて恋人《こいびと》の振《ふ》りをしなくてはならなくなる、というお話です。校正のとき読み直して、しみじみとコメディだなぁと思いました。なんというか攻が——言ってることはそれほどでもないのですが、やってることが恥《は》ずかしいタイプの攻だからだと思います。臆面《おくめん》もないっていうか……（うう…）。笑っていただけたら嬉《うれ》しいです。

そういえば、実はこの本、三ヶ月連続刊行第三弾《だん》であると同時に、豪華《ごうか》客船が舞台《ぶたい》のお話第三弾でもあったりします。前回に引き続き、またしても外国人攻ですね——って書いてみて、豪華客船を舞台にして書いた話は、全部そうだと気がつきました。なぜだろう……。船籍《せんせき》が外国だからでしょうか？

三度目の今回は、受も攻もどちらも船客という立場なので、いろいろと船の中の施設《しせつ》を堪能《たんのう》しております。わたしが行ってみたいところもいっぱい入れてみました。チョコレートブッフェとか、シャンパン・バーとか……。って、食関係ばっかりかよ！　みたいな感じですみません。でも、やっぱりそこは大事なところなので！（笑）

ううう、せっかくタイトルに『ドラマティック』と入っているのに、あとがきが食べものの話とかですみません。ちなみに、今回の素敵《すてき》タイトルも、つけてくださったのは担当さんです。いつも本当にありがとうございます。ご面倒《めんどう》ばかりおかけしてすみません。

そして、イラストを引き受けてくださった水名瀬雅良先生。とても麗《うるわ》しいイラストをありがとうございます。ギルがかっこいいのももちろんなのですが、行哉が美人なのにすごく可愛《かわい》くて、萌《もえ》っとしました。ギルを殴《なぐ》ったあとの行哉の表情とか、握《にぎ》りこぶしのところとか、恥《はじ》らってるところとか！　すごく素敵です。省吾さんが出ていたのも嬉しかったです。本当にありがとうございました。

また、前回と同じではありますが少しだけお知らせをさせていただきたいと思います。

先ほどもちょこっと触《ふ》れましたが、現在、本作を含《ふく》め、ルビー文庫にて三ヶ月連続刊行を実《じっ》施《し》していただいております。

二〇〇七年六月一日発売『紳士協定を結ぼう！』（漫画《まんが》＆イラスト／こうじま奈月先生）
二〇〇七年七月一日発売『恋のゲームは豪華客船で！』（イラスト／あさとえいり先生）
二〇〇七年八月一日発売『ドラマティックな航海をどうぞ！』（イラスト／水名瀬雅良先生）

以上の三作ということで、本作発売でついに三ヶ月目もクリアすることができました。これも全《すべ》て担当の相澤さんと、イラストレーター様、そして誰《だれ》より、ここまで読んでくださった皆《みな》様《さま》のおかげです。いつもいつも、心の底から感謝しております。本当にありがとうございました。

応募《おうぼ》者全員サービス（応募者負担あり・二〇〇七年九月二十八日締切《しめきり》）のほうの小冊子も、がんばって書かせていただきますので、ぜひよろしくお願いします。

それでは、皆様のご健康とご多幸、そして再びお目にかかれることをお祈《いの》りしております。

二〇〇七年　七月

天野かづき

ドラマティックな航海《こうかい》をどうぞ！
天野《あまの》かづき

角川ルビー文庫 R97-9　　14790

平成19年8月1日　初版発行

発行者――井上伸一郎
発行所――株式会社角川書店
東京都千代田区富士見2-13-3
電話/編集(03)3238-8697
〒102-8078
発売元――株式会社角川グループパブリッシング
東京都千代田区富士見2-13-3
電話/営業(03)3238-8521
〒102-8177
http://www.kadokawa.co.jp
印刷所――旭印刷　製本所――BBC
装幀者――鈴木洋介

ISBN978-4-04-449409-4　C0193　定価はカバーに明記してあります。

KADOKAWA RUBY BUNKO

角川ルビー文庫

いつも「ルビー文庫」を
ご愛読いただきありがとうございます。
今回の作品はいかがでしたか?
ぜひ、ご感想をお寄せください。

〈ファンレターのあて先〉

〒102-8078 東京都千代田区富士見2-13-3
角川書店 ルビー文庫編集部気付
「天野かづき先生」係

描き下ろしも大量収録♥
こうじま奈月の漫画が80ページ以上も読めちゃう文庫が登場!!
漫画◆COMIC◆
こうじま奈月
Koujima Naduki
小説◆NOVEL◆
天野かづき
Amano kazuki
高校編入初日、偉そうな先輩・玖牙守弥に「お前は俺のモノだ」と言われ首に噛みつかれてしまった和嘉。訳が分からず抵抗する和嘉ですが…?
学園ドキドキ☆ちょっとだけファンタジー!?
紳士協定を結ぼっ!

恋のゲームは豪華客船で！
天野かづき
Kazuki Amano
イラスト◆あさとえいり
中国系マフィア(!?)&ディーラーで贈る
アナタにも「多分」出来る豪華客船ラブをどうぞ！
借金と引き替えに豪華客船に乗り込み
中国人実業家の蔡文狼に近づくことになった
ディーラーの浅葱ですが…!?

天野かづき
kazuki amano
イラスト こうじま奈月
natsuki koujima
超豪華客船オーナー×
花嫁に逃げられた医者が魅せる
貴方にも（多分）出来る、船上ラブロマンス！
貴方の願いを何でも叶えてあげましょう。
その代わり――……
花嫁に逃げられ
新婚旅行で乗るハズの
豪華客船に一人で乗り込んだ
医者の一紗。待っていたのは、
船のオーナーのアルベルトに
口説かれる毎日で…？
船上ラブロマンスはいかが？
ルビー文庫

只今、キミに求愛中！
年俸10億円プレイヤー×高校生の人生かけた恋愛バトル☆
三打席連続ホームランを打ったら、嫁決定。
試合に勝ったらエッチ一回!?
突然現れたプロ野球選手の鷹塚に「約束通り嫁に来いよ」なんて
言われた多貴だけど!?
天野かづき
イラスト／南国ばなな

天野かづき
Amano Kazuki
イラスト
高永ひなこ
Hinako Takanaga
愛される小児科医の受難
一途で強引な弟＆
したたかで優しい兄の間で揺れる
受難だらけの小児科医ラブストーリー!?
白衣は着たままでいいよ。
——その方がイイし。
小児科医の晴夏はあやまちを犯して以来避け続けていた蓮と再会する。
蓮に好きな相手の身代わりを求められた晴夏は…!?

ルビー文庫